CW01072871

Einaudi Tascabili. Classici moderni
1294

tresca = affair
amorosa

le storie
clandestine

Dello stesso autore nel catalogo Einaudi

Il cacciatore

Carlo Cassola
Una relazione

Einaudi

Prima edizione «Supercoralli» 1969

www.einaudi.it

ISBN 88-06-15914-3

Una relazione

I.

Una volta seduto, Mansani si allentò la sciarpa, perché la lana gli dava prurito al mento; si sfilò i guanti, buttò indietro il cappello, e tirò fuori il pacchetto di Macedonia dalla tasca interna della giacca. La prima sigaretta della giornata: la migliore. L'accese, l'aspirò profondamente, e ricacciò il fumo dalla bocca e dal naso.

La carrozza era semivuota, ma si sarebbe riempita strada facendo. Erano sei mesi che partiva a quell'ora, e i viaggiatori abituali li conosceva tutti. Operai per la maggior parte; qualche studente, qualche altro impiegato. Il giovedí viaggiava anche gente di campagna, contadini, fattori: e quelli che salivano a San Vincenzo, non trovavano piú da sedere.

Mansani si levò il cappello, appoggiò la testa alla spalliera e chiuse gli occhi. Un minuto dopo, s'era assopito. Aprí gli occhi quando il treno si mosse; cambiò posizione e si riaddormentò.

Si svegliò passato Vignale. Il sole s'era appena levato; il cielo appariva sgombro. Mansani si stirò: gli faceva piacere che fosse una bella giornata, anche se lui l'avrebbe passata chiuso in ufficio. Si levò l'impermeabile e lo posò sulla reticella. Il cappello lo lasciò invece sul sedile davanti, per tenere il posto a Franceschino.

A Campiglia c'era una piccola folla. Mansani tirò giú il vetro e si sporse dal finestrino per comprare il giornale. Nella confusione non riusciva a richiamare l'attenzione della donna. – Signora; signora, – ma quella non sentiva. Si accorse di lui all'ultimo momento: fecero appena in tempo a scambiarsi il giornale e i soldi.

La carrozza s'era riempita; alcune persone erano in piedi. Mansani notò una ragazza che aveva visto altre volte. – Signorina. Signorina, c'è un posto, – e liberò il sedile.

– Grazie, – fece la ragazza arrossendo. Sedette e si mise a guardar fuori. Aveva i capelli di un color biondo spiga, e gli occhi di un azzurro cupo. Stava composta, con le mani in grembo. Aveva le mani tozze e i polsi grossi; le unghie, le portava tagliate corte.

Mansani spiegò il giornale, diede una scorsa ai titoli della prima pagina e passò alle notizie sportive. Cominciò a leggere l'articolo sul campionato di calcio. Abbassando il giornale, incontrò lo sguardo della ragazza: che si affrettò a distoglierlo. «Chissà chi è», pensava Mansani. Gli piaceva: cosí giovane, senza trucco; e con quell'incanto che dà l'innocenza.

Mansani sospirò: le ragazze oneste, non facevano piú per lui. Una ragazza onesta non dà certo retta a uno sposato. Uno sposato, bisogna che si contenti delle donne poco perbene. E deve agire con prudenza, in modo che la moglie non venga a saper nulla.

In tre anni di matrimonio, Mansani aveva avuto due relazioni. E tutt'e due le volte aveva fatto le cose pulite. Nessuno s'era accorto di niente. Mansani aveva ragione di essere contento di sé. Verso la moglie, aveva provato un po' di rimorso; ma s'era consolato pensando che dopo tutto non le aveva causato dolore. «Occhio non vede, cuore non duole», dice il proverbio.

A San Vincenzo, salí anche piú gente che a Campiglia. Franceschino a stento raggiunse l'amico. Mansani allargò le braccia, come per dirgli che non gli era stato possibile tenergli il posto. – Tieni, leggi, – e gli diede il giornale.

Franceschino era anche lui di Cecina. Da giovane la sua sola occupazione era stato il calcio. Aveva giocato nel Solvay, nel Cecina e un anno anche nel Livorno. Ora faceva l'assicuratore: ma a giudicare dal modo com'era vestito e dalle sigarette che fumava, doveva passarsela maluccio.

Anche Mansani aveva conosciuto giorni migliori. Il padre era un negoziante di ferramenta, e svolgeva altre attività. Aveva perfino impiantato una piccola fabbrica. Dopo la sua morte le cose s'erano messe male. La gente diceva che i figli non erano stati all'altezza della situazione, ma il fatto è che negli ultimi anni il vecchio Mansani aveva arrischiato troppo. Per l'appunto era sopravvenuto il ristagno degli affari, la fabbrica aveva dovuto chiudere, e per pagare i debiti i figli erano stati costretti a vendere il villino a Marina. A malapena avevano salvato la casa e il negozio. Era il minore, Luigi, che lo mandava avanti, mentre Mario s'era potuto infilare in banca. Aveva prestato servizio a Cecina, poi a Follonica, e qui aveva trovato moglie. Sei mesi avanti, era stato ritrasferito a Cecina; ma per il momento aveva lasciato la famiglia a Follonica. Cosí da sei mesi faceva su e giú col treno.

Malgrado ciò, era soddisfatto di sé e invariabilmente di buonumore. Anche ora qualche pensiero piacevole doveva attraversargli la mente perché sorrideva a fior di labbra.

– Allora? Chi vince domenica? – Franceschino alzò le spalle. – Sei già rassegnato, eh? – insisté Mansani. – Scommetto che nemmeno ci vai. Io invece voglio proprio levarmi il gusto di vedermela, la mia Juve.

– Vorrei sapere cosa c'entri tu con la Juve, – brontolò Franceschino.

– C'entro, perché è la mia squadra.

– È comodo scegliersi la squadra. Ma noi siamo di Cecina, bisogna essere per il Livorno. Anche se ci dà poche soddisfazioni.

– E meno ve ne darà in avvenire, – fece Mansani. – Ma io, guarda, non sarei per il Livorno nemmeno se vincesse il campionato. Perché i livornesi... – Si fermò: – Lei mica è di Livorno, signorina?

– No no, – fece la ragazza arrossendo. Le erano diventate rosse non solo le guance, anche le tempie.

Il treno era in ritardo, Mansani non ebbe il tempo di prendere il caffè. Aveva appena messo piede nella sua stanza che lo chiamò il direttore:

– Devi andare a Marina per il rapporto sulla ditta Lúperi. Da Siena ce l'hanno chiesto urgentemente, bisogna in tutti i modi mandarlo via oggi.

Mansani non se lo fece dire due volte: afferrò cappello e impermeabile e corse via.

In realtà avrebbe potuto fare a meno del sopraluogo: la situazione della ditta Lúperi la conosceva benissimo. Ma non gli pareva vero di risparmiarsi per una mattina la noia dell'ufficio.

L'autobus percorse in un momento il nuovo viale. Mansani scese al capolinea. Per prima cosa andò nella baracca sulla spiaggia.

C'era soltanto il bagnino, in tenuta quasi estiva, con un maglione scuro infilato direttamente sulla carne. I calzoni troppo corti lasciavano vedere gli stinchi sottili.

– Salve, Telemaco! Come va? È un secolo che non ci vediamo –. Telemaco, scontroso come sempre, a fatica rispose. – Me lo fai un caffè?

– Ma bisogna che aspetti: la macchina è sotto pressione.

– Tanto non ho fretta –. Si affacciò sulla spiaggia. Il mare era un'uniforme distesa azzurra: c'era solo una serpentina bianca nel mezzo. – Oggi è bello, eh? – disse senza voltarsi.

– Ma è stato brutto fino a ieri.

– Eh, lo vedo –. Metà della spiaggia era scura e piatta, e orlata da un filo bianco. Si voltò verso il bagnino: – È inutile che diciate, voi marinesi, ma è una spiaggia infelice. Basta una libecciata, ne parte mezza. Tranne i cecinesi, chi vuoi che ci venga? Ce ne sono cinquanta, di spiagge meglio.

Telemaco alzò le spalle:

– Io l'avrei caro, figurati, che non ci venisse piú nessuno. Gliel'ho anche detto, a Enrico, l'anno prossimo trovati un altro, perché io non ti ci sto piú.

«Già, e che ti metterai a fare, allora?», pensò Mansani; e avvolse con uno sguardo la misera figura del bagnino, il maglione rotto ai gomiti, i calzoni sfilacciati, le scarpacce di tela. Telemaco non aveva mai avuto un mestiere. Era sui quarant'anni: ma i capelli grigi, la pelle vizza, le gengive vuote, gli davano l'aspetto di un vecchio.

Lo salutò, e andò in cerca di Renato. Era sulla spianata che accomodava la rete. All'altro capo, la moglie era intenta allo stesso lavoro.

– Ma guarda chi si vede: il nostro Mario Mansani –. Renato era loquace per quanto Telemaco era taciturno. – Cosa sei venuto a fare a Marina? Accomodati, – e gli fece segno di sedere. – Oh, dimenticavo che sei un signore. Noi poveri si può stare anche in terra, ma tu t'insudiceresti il vestitino.

– Grazie, sto volentieri in piedi.

– Dunque, signor banchiere: sei venuto a regalarci un po' di quattrini? Ne avrei tanto bisogno: sono pieno di debiti. Ma i debiti sarebbero ancora nulla. È che non ho un soldo, capisci? Guarda se dico bugie, – e rovesciò le tasche dei calzoni. Ne uscí solo un pacchetto di sigarette accartocciato. Lo aprí, tirò fuori una sigaretta, storta com'era se la mise in bocca: Mansani si chinò ad accendergliela. – Siamo alla disperazione, ti dico, – concluse Renato, ma il tono smentiva le parole.

– C'è poco pesce?

– Poco, già. E poi non vale nemmeno la pena di pescarlo. Le sardine per esempio è meglio ributtarle in mare, tanto non te le vuole piú nessuno.

– Nemmeno Lúperi?

Renato si mise a ridere:

– È a terra lo stabilimento di Livorno, cosa vuoi che faccia Lúperi? Come nel caso mio: questa crisi ha rovinato i padroni dei motopescherecci... Un povero pescatore come me, con una barca di sei metri, come vuoi che si possa difendere?

– Ma Lúperi è proprio a terra, mi dicevi.

– È a terra sí; saranno sei mesi che non lavora. Gli erano rimaste due o tre donne, ha licenziato anche quelle. Qui non c'è piú vita per nessuno, te lo dico io. Non ci rimane che la guerra: andarci a prendere un po' di colonie, e campare con quelle...

– In famiglia, come stanno? – lo interruppe Mansani.

– In famiglia, stanno bene. La moglie, la vedi, eccola lí. E le figliole, loro, che pensieri vuoi che abbiano?

– Le hai sempre in casa?

– Certo; dove vuoi che siano? Giovanna lavora a Livorno, ma la sera viene a casa.

Giovanna era la maggiore. Era un pezzo che non gli capitava d'incontrarla. «Bisognerebbe che la ricercassi». Con lei non avrebbe avuto bisogno di preamboli. Gli sarebbe bastato dirle: – Ti ricordi quel pomeriggio in pineta?

Sbirciò Renato: chissà se l'aveva saputo. Be', che Giovanna era una ragazza facile lo sapeva di sicuro. Chi prima chi dopo, tutti i giovanotti di Cecina le erano stati intorno. Ma quanti erano riusciti a combinarci qualcosa? Franco Mazzoni sicuramente: si diceva anzi che fosse stato lui a sverginarla.

Giovanna era una conquista di cui non ci si poteva vantare. Magari se ne poteva vantare Franco, se era vero che era stato il primo. Quanto a lui, Mansani, non si faceva illusioni: non era stato né il secondo né il terzo. Ma chissà, poi. Sarebbe bello poter sapere le cose. Ma la ragazza non te lo viene a dire, e gli altri hanno la tendenza a esagerare.

Salutò Renato e si avviò senza meta attraverso lo spiazzo. L'autobus era accanto allo chalet, ma sarebbe ripartito solo a mezzogiorno. Pensò di fare un giro per la pineta; ma gli avrebbe dato tristezza rivedere il villino.

Certo Marina finita la stagione era proprio morta. Chiuso lo chalet, chiuso il bar sul viale di pineta, non c'era un posto dove andare.

Nemmeno Follonica offriva molto. Il cinema era aperto solo il sabato e la domenica. Ecco, la domenica era la giornata peggiore. Gli amici che s'era fatto, tutti giovanotti perché con quelli sposati non se la diceva, la domenica sparivano: chi andava a Piombino, chi a Livorno: insomma, in un posto dove ci fosse un po' di vita. «Domenica me la svigno anch'io», pensò per consolarsi.

La casa di Renato era la penultima. Si riconosceva facilmente per l'intonaco rosa. Mansani ci passò sotto, c'era una finestra aperta, una ragazza cantava: «Sarà Gina». Gina era la minore, e a quanto aveva sentito dire s'era messa anche lei su una cattiva strada.

Mansani svoltò l'angolo ed entrò nel bugigattolo del barbiere:

– Bernardo non c'è?

Il ragazzotto stava leggendo un giornale illustrato. Si affrettò ad alzarsi:

– È a casa. Ha la moglie soprapparto.

– Ma senti. Non sapevo nemmeno che si fosse sposato –. Si accostò alla specchiera e guardando di sbieco cercò di vedersi i capelli sul collo.

– Devo farle i capelli?

Mansani lo guardò:

– Li sai fare?

– Certo, – rispose il ragazzo, serio. Portava un paio di calzoncini attillati e la cintola che gli strizzava la vita. I capelli li aveva accuratamente divisi su una parte e incollati con la brillantina.

– Quanti anni hai? – gli chiese Mansani.

– Quattordici, – rispose il ragazzo, già pronto con l'asciugamano.

Mansani si mise seduto e aspettò che il ragazzo facesse i preparativi. Quando gli venne vicino con la macchinetta, lo fermò:

– Stai attento: me li devi sfumare appena. E davanti, non c'è bisogno che me li scorci. Aspetta: che giornale leggevi?

– «La Domenica del Corriere». Ma è un numero vecchio.

Mansani sospirò. Ci fosse stato Bernardo, avrebbe occupato il tempo chiacchierando di pesca. – Come ti chiami? – domandò ancora al ragazzo.

– Lorenzi Roberto.

– Sei parente di Renato, allora.

– È mio zio, – rispose il ragazzo. Finí di passargli la macchinetta sul collo e cominciò a sfumargli i capelli adoprando insieme il pettine e le forbici.

– Vedo che te la cavi, – disse Mansani. – Quant'è che fai il garzone a Bernardo?

– Tre anni.

– Anche tua cugina... Giovanna, la figlia di Renato... lavora anche lei da un parrucchiere.

– Sí, – rispose il ragazzo.

– Sai mica dove lavora?

– A Livorno.

– Sí, ma da quale parrucchiere? Voglio dire, in che via?

– Non so, – rispose il ragazzo. – Non sono pratico di Livorno.

Mansani lo guardò nello specchio: aveva un'espressione seria, anzi ottusa. Gli chiese se la domenica Giovanna era a casa.

– Il pomeriggio sí; la mattina lavora.

Mansani cambiò discorso:

– Ti piace fare il barbiere?

– Sí.

– Ma ti piacerebbe di piú fare il pescatore.

– No, – rispose il ragazzo. – Zio qualche volta mi ci ha portato; ma non mi piaceva.

Aveva finito il taglio dei capelli e si accingeva a pettinarlo. Mansani preferí fare da sé. Bagnò il pettine, si sporse dalla poltrona per avvicinare il viso allo specchio, si fece la scriminatura sulla sinistra e schiacciò i capelli dalle due parti. Si guardò ancora per qualche momento, restando come sempre soddisfatto del suo aspetto. – Quanto ti devo? – disse alzandosi.

– Due e cinquanta.

Mansani gli lasciò venti centesimi di mancia e uscí fischiettando.

Guardò l'orologio: erano le undici. Mancava sempre un'ora alla partenza dell'autobus. Se doveva girellare per Marina, tanto valeva tornare a piedi.

Invece di prendere per il viale, preferí continuare per la vecchia strada. Gli faceva piacere rivederla, dopo tanto tempo. Quante volte c'era passato, in autobus, in motocicletta, in bicicletta...

Da principio la strada era chiusa tra la fila di case e il muro della caserma; poi questo finí, finirono anche le case, e la vista spaziò libera dalle due parti. Sulla sinistra c'era poco posto per le coltivazioni, cominciava subito il pendio verso il fiume. Sulla destra era tutto un seguito di orti e campi. La vista del capannone della ditta Lúperi gli fece tornare in mente lo scopo della sua gita a Marina; e si mise a pensare a quello che avrebbe scritto nel rapporto. Bisognava mettere in evidenza che la lavorazione delle sardine era in crisi dappertutto: non c'era quindi, per Lúperi, nessuna possibilità di ripresa. Renato gli aveva appunto detto che... Sorrise soddisfatto: era stata una buona idea andare a parlare con Renato. E addirittura un'ispirazione quella di entrare dal barbiere. Ora ne sapeva abbastanza per concertare un piano. Una domenica sarebbe venuto a Cecina con la scusa di dare una mano al fratello, che era sempre in arretrato con la contabilità del negozio; e nel pomeriggio sarebbe andato a Marina... Anzi, meglio ancora, sarebbe andato al treno. Avrebbe abbordato Giovanna e le avrebbe strappato un appuntamento. «Quasi quasi lo faccio domenica. Al diavolo la Juve. Ma se Giovanna non arriva, oppure non ci sta? Mi perdo la partita per niente».

II.

Giovanna era scesa dall'ultima carrozza. Veniva avanti senza fretta, infagottata in un impermeabile bianco. «È davvero andata a male», pensò Mansani. Se fosse uscita con gli altri viaggiatori, si sarebbe vergognato a fermarla; ma camminava adagio, e arrivò che erano già passati tutti.

– Oh, – fece stupita. Lo guardava col capo un po' piegato, socchiudendo leggermente un occhio.

– Vieni da Livorno?

– Sí, – rispose la ragazza.

– E ora dove vai?

– A casa, dove vuoi che vada?

– Devo venire anch'io a Marina.

Ripresero le biciclette al posteggio. Mansani la lasciò partire e la seguí a distanza per la discesa che immette nel sottopassaggio. Qui accelerò e la raggiunse:

– Prendiamo dalla strada vecchia, – le disse.

– Perché? – domandò lei.

– Perché... – In quel momento il treno cominciò a passare, e Giovanna si tappò gli orecchi.

Quando furono in cima alla salita, le disse:

– Ci fermiamo?

– Perché?

– Cosí, per parlare un po'.

– Ma io devo ancora mangiare.

Continuarono in silenzio. Giovanna si teneva sul ciglio; Mansani le stava a fianco e la osservava. Certo, era parecchio imbruttita. I capelli li aveva secchi, stopposi; qualche ciocca pareva addirittura che avesse perso il colore.

Decise di andare per le spicce:

– Dopo che hai mangiato, ci vediamo? Ti potrei aspettare in fondo al viale di pineta.

Ancora una volta lei gli diede quell'occhiata in tralice. – Non so se avrò da fare in casa, – disse alla fine.

Si avvicinavano all'abitato: non era prudente farcisi vedere insieme. – Allora senti: fino alle quattro ti aspetto; hai capito dove? – La ragazza fece un cenno di assenso. – Tu cerca di venire prima che puoi.

Mise il piede a terra e la guardò proseguire. La vide accostarsi ancora di piú alla siepe e strappare una foglia. «È stato piú facile di quanto credessi», pensò.

Per una stradina raggiunse la pineta. Qui era sicuro di non fare incontri, d'inverno i villini erano disabitati.

La pineta era rada e senza sottobosco. Da ragazzo, quanto ci aveva giocato. Ci giocava nel primo pomeriggio, quando faceva troppo caldo per stare sulla spiaggia. Riconosceva i posti: in quell'avvallamento ci giocavano a pallone. Rammentava i pini che servivano per segnare le porte.

Pedalando adagio, continuò per la stradetta di campagna, chiusa tra una siepe di tamerici e un vivaio. L'aspetto del luogo era cambiato: la siepe era diventata alta e folta e non lasciava piú vedere la campagna. I pini del vivaio, li ricordava piccoli e fitti. Ora li avevano diradati, e i rimanenti erano già alti. Formavano tante file trasversali incrociate. Ogni pino faceva parte di due file: di quella che andava avanti e di quella che tornava indietro.

Si fermò sul ponticello. L'aria era ferma, il cielo bianco. Al di là dei campi, si scorgevano i tetti e le ciminiere di Cecina. Per un attimo quelle ciminiere spente gli suscitarono il ricordo di quando le fabbriche erano chiuse per via dello sciopero. Lui era un ragazzo, e avrebbe voluto aggregarsi ai fascisti, ma il padre lo aveva messo in collegio a Volterra.

Era stato un bene per lui: « Se non mi avesse messo in collegio, non avrei preso il diploma; e senza diploma, non sarei potuto entrare in banca ».

In banca da cinque anni, sposato da tre... « Mi ci voleva una faccenda cosí, dopo tanto tempo ». Il fatto che si trattasse di una ragazza con cui era già stato, non diminuiva il piacere: al contrario. Gli pareva quasi di essere tornato al tempo in cui era giovanotto.

Guardò l'orologio: era passata mezz'ora. Poteva anche tornare indietro. « Tanto aspettare qui o aspettare in fondo al viale di pineta... »

Invece entrando nel viale ebbe la sorpresa di vedere che Giovanna era già lí. Era appoggiata al muretto. Stava mangiandosi le unghie; non smise nemmeno quando lo vide.

– Oh, – fece, – ti sei sbrigata a mangiare. Ma perché non sei venuta in bicicletta?

– Tanto, anche a piedi, ho fatto in tempo lo stesso.

– Ma ora come si fa?

– Perché, dove avevi intenzione di andare?

– Da nessuna parte, ma cosí, potremmo fare una passeggiata –. Si guardò intorno per assicurarsi che nessuno li vedesse: – Su, monta in canna.

La ragazza esitò un momento, poi chinò il capo e obbedí.

Mansani durò fatica ad avviare la bicicletta. «Quanto pesa», pensò. Gli venne voglia di dirglielo, ma ebbe paura che si offendesse.

Si fermò dopo il ponticello, al margine della pineta. La bicicletta, la nascose. Giovanna era rimasta sulla strada. – Andiamo? – le disse.

– Dove?

«Dove l'altra volta», avrebbe voluto risponderle. Si limitò a un gesto vago verso l'interno della pineta.

Lei non fece obiezioni e lo seguí per il viottolo. Quando giudicò di essersi addentrato abbastanza, si fermò: – Mettiamoci qui, – disse.

Sedettero in una radura, addossati a un tronco. Mansani aveva appeso il cappello a uno spunzone. Gli era venuto in mente di levarsi l'impermeabile e stenderlo in terra; ma aveva pensato che era meglio non precipitare le cose. Tanto, aveva tutto il tempo. Doveva andarci piano, far nascere in lei il desiderio... Del resto, nemmeno lui era preso dal desiderio. Provava anzi imbarazzo.

– Fumi?

– Grazie, – rispose Giovanna accettando. Aveva le mani arrossate, con le unghie tagliate corte. Mansani le porse l'accendisigari, e lei ripeté: – Grazie.

Si guardava le mani: – Per essere una manicure, potrei tenerle un po' meglio, – osservò con un sorriso.

– Tu fai la manicure? – disse Mansani sorpreso.

– Come, non lo sapevi?

– Io sapevo che eri da un parrucchiere.

– Infatti. Ma lavoro come manicure.

Mansani sentiva crescere l'imbarazzo. Quasi non vedeva l'ora di esser fuori di lí.

Tanto per dir qualcosa, le chiese com'era stata la stagione a Marina.

– Al solito, – rispose lei.

– Tu li fai sempre i bagni.

– No, non li faccio piú.

– Perché?

– Cosí. Non ne ho piú voglia.

– Io mi ricordo quel costume metà bianco e metà celeste... ce l'hai sempre?

Giovanna sorrise:

– Non mi starebbe mica. Sono ingrassata, non te ne sei accorto?

– Sí, mi sono accorto... che sei piú in carne. Ma trovo che stai bene anche cosí. Di viso, poi, sei sempre la stessa. Davvero, non te lo dico per farti un complimento... – Incoraggiato dalla passività di lei, continuò: – Mi piaci sempre, Giovanna. Alla stazione, appena ti ho vista, il sangue mi ha fatto un tuffo –. Smorzò la voce: – Io non ho dimenticato quel pomeriggio che venimmo qui...

Giovanna si passò la mano davanti agli occhi, come per scacciare il fumo. Ma rimase zitta.

– Tu... te ne sei dimenticata?

A un tratto lei lo guardò:

– Ti pare bello quello che stai facendo? Sei sposato, hai anche un bambino: perché vieni intorno a me?

Mansani abbassò la faccia confuso. Diventò anche rosso. Fissava stupidamente gli aghi di pino affastellati sul terreno.

Fece presto a riprendersi:

– Be', non sarà bello... ma non è neanche una cosa

tanto grave. Io non sono davvero di quelli che trascu-
rano la famiglia. Faccio una vita sacrificata, cosa credi? Sono sei mesi che vado su e giú col treno. E tutto
questo perché? Perché a mia moglie dispiaceva sepa-
rarsi dalla madre e dalla sorella. Credi che ce ne sarebbero molti disposti a sacrificarsi per accontentare la
moglie?

– Se lo fai, vuol dire che non è un sacrificio, – ribatté Giovanna. – Magari trovi comodo tenere la famiglia in un altro posto...

– Che intenderesti dire?

– Che in questo modo sei piú libero.

– Sai che bella libertà. Appena arrivo devo correre
in ufficio; mangio da mio fratello, alle tre sono di nuovo al lavoro... e alle sette, quando esco, ho giusto il
tempo di riprendere il treno. E poi la fai anche tu questa vita, lo sai che è un sacrificio viaggiare.

– Non parlavo del viaggiare. Ti avevo chiesto se ti
pareva bello tradire la moglie.

Mansani fece un gesto irritato:

– Via, Giovanna, non diciamo parole grosse –. Pensò che era meglio volgerla in scherzo: – E poi, non
l'ho ancora tradita. Non ti ho toccata nemmeno con
un dito.

Giusto, era tempo di cominciare a far qualcosa. Le
fece una leggera carezza sui capelli. Le posò una mano
sulla spalla, poi scese a cingerle la vita.

Lei lasciava fare. Le andò vicino col viso; le sfiorò i
capelli con le labbra. La baciò sulla guancia, poi sul
collo. Ma quando le cercò la bocca, lei si voltò dall'altra parte.

Per l'appunto stava scomodo e non poteva abbracciarla bene. Ma non era il caso di cambiar posizione.

Bisognava insistere: stringerla, accarezzarla e baciarla finché non si fosse arresa. Ma lei aveva abbassato la
testa, e non riusciva piú a baciarla altro che sui capelli;
e quel maledetto impermeabile la proteggeva come u-
na corazza. Per quanto stringesse, non riusciva a sentire le forme. Si scostò un momento: – Perché fai cosí? – le disse. Lei rimase zitta e ferma. Riprese ad ac-
carezzarle il braccio, le posò la mano sul petto: ma
sentí solo la ruvidezza del tessuto.

– Levati l'impermeabile.

Lei fece di no col capo. Pareva avesse capito che
l'impermeabile era la sua difesa.

– Voltati, almeno –. Era come dire al muro. – Si
può sapere perché ti comporti in questo modo?

– Lasciami stare, – disse lei.

– Perché sei venuta in pineta, allora. Uff, – sbuffò.
– Io non ti capisco –. Faceva una pausa tra una frase e
l'altra, nella vana speranza di avere una risposta. – Se
non ne volevi sapere, potevi dirmelo subito. E non
farmi venire fin qui. Giovanna, senti. Dammi un bacio. Mi contento di un bacio. Poi, te lo giuro, ti lasce-
rò stare. Un bacio, Giovanna, – supplicò. – Cosa ti costa accontentarmi? Rispondimi una buona volta. Di'
qualcosa. Parla.

« Farei meglio ad alzarmi e andarmene. E piantarla
qui, che se ne torni a casa a piedi ». Si limitò a scostar-
si e a cambiare posizione. Stese le gambe e si sdraiò
mezzo, appoggiandosi al gomito. Era deciso a non fare
altri tentativi. « Non le rivolgerò nemmeno piú la parola ». E si mise a osservare una fila di formiche che si
arrampicava su per il tronco.

S'era quasi dimenticato della presenza della ragazza: quando la sentí dire:

– Andiamo, Mario, non fare il bambino. Parliamo-
ne con calma. Non siamo piú due ragazzi, delle cose si
può anche parlare, non ti sembra?

– Di quali cose?

– Della cosa... che avresti intenzione di fare. E che
magari... potrebbe piacere anche a me. Ma bisogna
pensare alle conseguenze.

– Ma io ti avevo chiesto un bacio! Non casca il mondo, per un bacio...

– Tu m'avevi chiesto un bacio... per avere il resto.
Non negare Mario, era quella la tua intenzione. Io tanto non mi scandalizzo mica. Lo so che quando uno mi
viene intorno, ci viene per quello.

– Ma allora, te l'ho detto prima, dovevi risponder-
mi di no subito, quando ci siamo incontrati alla stazione.

– È vero, dovevo risponderti di no subito. Ma... ero
stata contenta di rivederti.

Gli fece piacere che avesse detto cosí. Volle sentir-
selo ridire:

– Davvero eri stata contenta?

– Sí. Vedi Mario la vita che faccio ora è talmente
brutta che ritrovare un vecchio amico...

– Non ti piace il mestiere che fai?

– Non è per quello. La manicure, non è mica un cattivo mestiere. Una brava, guadagna anche dodici lire
il giorno. Certo, qualche altro mestiere rende di piú, –
e rise. Tornò seria: – Quanto guadagna una ragazza in
un casino?

Mansani si confuse un'altra volta. – Non parli mica sul serio?

Lei lo guardò di traverso, socchiudendo un occhio.
Scosse con forza il capo: – No, – disse. – Ma mi pia-

cerebbe saperlo... cosí, per semplice curiosità. Dunque? – E siccome lui esitava a rispondere: – Non mi vorrai far credere che non lo sai.

– Be', – rispose lui, – dipende. Non guadagnano mica tutte nello stesso modo. Intanto, la tariffa varia da casa a casa. Ce ne sono da venti lire, da dieci, da sei, perfino da cinque...

– Me, in che casa mi prenderebbero? Giovane, sono ancora abbastanza giovane: ho ventiquattro anni.

– Vorrei sapere perché fai questi discorsi.

– Cosí, tanto per parlare. Volevo che tu mi dicessi che sono sempre bella, – e si mise a ridere. – No, lo so da me che mi sono sciupata il personale. Hai provato una delusione, eh? quando mi hai rivisto.

– Ma no, ti assicuro.

– Coraggio, di' la verità. Scommetto che non t'aspettavi di trovarmi tanto cambiata.

– Ma non sei cambiata. Solo che... ti sei buttata giú. Voglio dire, ti prendi meno cura di te. I capelli, per esempio: e sí che lavori da un parrucchiere, ti ci vorrebbe poco a farteli aggiustare. In qualche punto li hai biondi, in qualche punto invece hanno perso il colore...

Lei scosse il capo:

– È che ormai me li sono rovinati. Cosa vuoi, cominciai a tingerli da me... Potrei smettere di ossigenarli; ma ormai la gente s'è abituata a vedermi cosí, darei un'altra volta nell'occhio... Preferisco tenermi questa parrucca.

Mansani protestò:

– Perché la chiami parrucca? Fai sempre la tua figura, te lo dico io. E poi di viso non sei per niente sciupata. Hai sempre la tua bella carnagione fresca...

Lei gli venne vicino col viso:
– Davvero non sono stata una delusione?
Per tutta risposta la abbracciò e cominciò a baciarla.

L'aveva fatta scendere a cinquanta metri dal primo lampione. Continuò a pedalare in fretta anche quando fu sulla via del ritorno, quasi volesse frapporre la maggior distanza possibile tra sé e la ragazza.

« Se Dio vuole, anche questa è fatta ». La soddisfazione di tornare con Giovanna se l'era levata: la faccenda poteva considerarsi chiusa. È vero che erano rimasti d'accordo di rivedersi di lí a due settimane: ma lui non aveva nessuna intenzione di andare all'appuntamento.

In paese allungò la strada, pur di non passare dalla via principale. Ebbe la fortuna di trovare il cancellino aperto, cosí poté entrare nell'orto e mettere la bicicletta sotto la tettoia. Ma al buio, fece cascare qualcosa; e da casa dovettero sentirlo perché la finestra si aprí:

– Chi è? – disse la voce della cognata.
– Sono io. Ho riportato la bicicletta.

In stazione andò alla fontanella a lavarsi la faccia e a sciacquarsi la bocca, per cancellare eventuali tracce di rossetto. Il profumo, non gli pareva che Giovanna lo usasse. Il profumo è la cosa peggiore: ti si appiccica, e non sai piú come mandarlo via.

L'impermeabile, lo esaminò sotto il lampione: che non si fosse sporcato d'erba, o non ci fosse rimasto appiccicato qualche fuscello, magari un ago di pino. Era solo grinzoso, e con una macchia d'umidità.

Per le scarpe non c'era niente da fare: finché il fango è fresco, non si può tirar via. Ma le scarpe, se le poteva essere infangate anche alla stazione. In caso, avrebbe detto che aveva viaggiato nell'ultima carrozza e che era dovuto scendere fuori del marciapiede.

In treno completò l'ispezione davanti allo specchio della toeletta. Tutto a posto: l'avventura non aveva lasciato traccia.

III.

Era uscito, al solito, qualche minuto prima della chiusura dell'ufficio, per essere in tempo a prendere il treno delle sette. Appena girato l'angolo, sentí un passo affrettato alle spalle. Si voltò, e Giovanna venne quasi a sbattergli contro.

– Che fai? – esclamò allarmato.

– Niente. Ti ho visto e ti sono venuta dietro.

Mansani si guardò intorno: la strada per fortuna era deserta e anche male illuminata. – Ma oggi non ci sei andata a Livorno?

– Oggi è lunedí; non lo sai che il lunedí i parrucchieri stanno chiusi?

– Ah, già. Purtroppo io devo andare: tra cinque minuti ho il treno.

– Peccato –. Sorrideva guardandolo con gli occhi che le brillavano. – Non potresti prendere quello dopo?

– Non c'è mica un treno ogni mezz'ora. Se perdo questo, mi tocca aspettare fino alle dieci.

– Che bello sarebbe: avremmo tre ore da stare insieme.

– Ma tu dovrai andare a casa –. La ragazza alzò le spalle. – Io... ci starei anche –. Gli dispiaceva farsi sfuggire l'occasione. – Il guaio è che a casa mi aspettano...

trouble

– Non torni mai col treno dopo?

– Quando mi capita di fare lo straordinario. Ma in genere, lo so prima, in modo che posso avvertire.

– Allora, non insisto.

– E poi di qui alle dieci ci prenderà fame.

– Per quello, ci potremmo comprare qualcosa. Anche lí al caffè della stazione: un panino per uno, e andiamo a mangiarcelo dove ci pare.

Bruscamente si decise:

– Vai tu a comprarli. Aspetta, ti do i soldi –. Tirò fuori il borsellino, una moneta brillò tra gli spiccioli scuri: gliela diede.

– Quanti ne devo comprare?

– Quanti vuoi.

– Con la mortadella o col salame?

– Come ti pare. Sbrigati, io vado ad aspettarti al sottopassaggio.

La ragazza se ne andò di corsa: lui rimase a guardarla finché non fu sparita dentro la stazione. Un treno era in arrivo: il suo, probabilmente. Avrebbe fatto ancora in tempo a prenderlo. Invece, s'incamminò verso il sottopassaggio.

« E se piovesse? » Il cielo era buio. « Oh, al diavolo; un rifugio lo troveremo ». Si fermò nel cerchio di luce dell'ultimo lampione. « Perbacco, mi ha fatto una bella improvvisata ». Uscendo dall'ufficio, era stanco e abbattuto: aveva avuto una giornata faticosa, e la consueta prospettiva del ritorno a casa non poteva essergli di conforto.

Sentí il treno che si rimetteva in movimento. Cominciò a passare sopra la sua testa. L'ombra delle carrozze, proiettata giú per la scarpata insieme con le luci dei finestrini, andò acquistando velocità. Mansani ac-

compagnò con gli occhi i fanali rossi dell'ultimo vagone, che impiccolivano rapidamente; poi tornò a guardare verso la stazione.

Eccola finalmente, col suo impermeabile chiaro. Le
andò incontro:

– Come mai ci hai messo tanto?

– C'era gente, e non mi servivano mai. Guarda, ne
ho presi tre: due per te e uno per me. Tieni il resto.

Per un po' stettero zitti. Si stringevano l'uno all'altra camminando svelti. Mansani era costretto a fare i
passi piú corti per andare a tempo con lei. Usciti dal
sottopassaggio, presero per la vecchia strada di Marina. Continuavano a camminare in fretta e quando furono in cima alla salita lei disse: – Basta! Fammi ri-
prender fiato.

Si appoggiarono all'argine del campo. – Perché sei
venuta? – le chiese Mansani.

– Perché... c'erano sei giorni a domenica; e avevo
troppa voglia di rivederti.

La baciò. Si baciarono tre, quattro volte, e rimasero con le guance accostate a guardare lo sfavillío di luci della stazione. Mansani pensava che anche per lui il
desiderio di rivederla era andato sempre crescendo.

Si scostò per guardarla: ma aveva il viso in ombra.
Lei sembrò che avesse capito la sua intenzione:

– Anche tu avevi voglia di rivedermi?

– Sí.

– Solo di rivedermi?

– Be'... anche di quell'altra cosa, – e rise. Le offrí
una sigaretta: lei fece segno di no. – Perché non vuoi
fumare?

– Perché sto bene cosí.

– Cosí, come?

– Cosí, vicino a te.

– Anch'io ci sto bene.

– Lo dici per complimento... Di' la verità, tanto non mi offendo: tu con me ci vieni solo per quello.

– E che c'è di strano? La ragione per cui un giovanotto va con una ragazza, è quella.

– Veramente la ragione dovrebbe essere un'altra.

– E quale?

– Quella di volersi bene –. Si mise a ridere: – Non aver paura, scherzo. Lo so che la nostra non può essere una cosa seria. Io però comincio a sentire umido... Ci si muove?

– Muoviamoci. Ma per andar dove?

– Al buio tutti i posti sono buoni, – e ancora rise.

– Il guaio è che sono anche umidi, – replicò lui di malumore. Lo aveva urtato quel discorso del volersi bene.

Imboccarono il viottolo lungo la ferrovia. Camminavano adagio perché il terreno era sassoso e lei aveva i tacchi alti.

– Ahi. Per poco non mi prendevo una storta, con questi tacchi. Siamo proprio due sciagurati, ad andare in giro con questo buio, – e gli si strinse.

– Non darai la colpa a me. Sei stata tu che hai avuto l'idea.

– È vero, sono stata io... Che ore sono?

– Le sette e trentacinque.

– A quest'ora, scommetto, saresti già a casa.

– A casa proprio, no; ma vicino.

– Ecco, vedi, ora mi fai venire i rimorsi.

– E perché? Qualche volta mi capita di non poter partire. Stasera faccio conto di aver avuto del lavoro straordinario... Infatti è cosí: fare all'amore con te è come lo straordinario, – e rise.

Gli era passato il malumore. Lei, invece, sembrò adombrarsi:

– Cosa intendi dire?

– È semplice. Il lavoro straordinario è quello in piú, quello che non era previsto... infatti te lo pagano il doppio.

– Sí, lo so, – rispose lei. – È cosí anche per noi.

– E l'amore di stasera era previsto, forse? Io ero stanco, figurati, oggi ho avuto una giornata infernale. E il pensiero di dovermi rimettere in treno, e per cosa poi? per arrivare a casa, cenare e andare a letto come tutte le sere... Invece, sei capitata tu. Quasi non credevo ai miei occhi quando ti ho vista. Ancora adesso, quasi non ci credo. Fosse sempre cosí lo straordinario!

Lei gli aveva appoggiato la testa sulla spalla:

– Ma lo straordinario te lo pagano; mentre a venire con me non ci guadagni niente.

– Che ore sono?

– Le nove, – rispose Mansani. Erano seduti sul muretto di sostegno della scarpata. Lui aveva già mangiato i panini; Giovanna doveva ancora finire il suo.

Lo aveva preso sottobraccio e gli si stringeva. – Ti do noia se sto cosí?

– Anzi, mi fai piacere –. Era vero, gli faceva piacere; mentre l'altra volta, in pineta, non vedeva l'ora di levarsela di torno.

– Di' la verità: ti è piaciuto di piú stasera.

– Sí, – ammise lui.

– Perché?

– E chi lo sa? Forse perché è sempre meglio sul duro che sul bagnato, – e si mise a ridere.

– O forse perché era buio. E cosí potevi immaginarti che io fossi sempre... come cinque anni fa.

– E dài. Se ti ho detto che non sei per nulla cambiata.

– Mario, – disse dopo un po'.

– Che c'è.

– Tu non devi avere nessuna preoccupazione per me. Vedrai che non ti darò fastidi. Mi contento di poco, lo sai. Mi basta vederti una volta ogni tanto, non pretendo altro –. Lui non rispondeva, e lei aggiunse: – Lo dicevi anche tu, dianzi: per te io sono come lo straordinario, che si fa una volta ogni tanto...

– Scusami, – disse lui liberando il braccio. – Ho bisogno di sgranchirmi le gambe, – e saltò giú dal muretto.

– Ti stanchi a stare seduto? Io invece mi stanco a stare in piedi... Mi ricordo quando facevo la commessa, arrivavo alla sera che non ne potevo piú. Mi faceva male tutto, la vita, le spalle...

– Dove hai fatto la commessa?

– Ai Grandi Magazzini. Dieci ore di lavoro il giorno per un guadagno di sei lire...

– E adesso, quanto guadagni?

– Dipende da quanti servizi faccio. E dalle mance. A volte racimolo anche due lire, due lire e mezzo di mance... Gli uomini sono sempre piú generosi delle donne, – e si mise a ridere.

– Io non li concepisco gli uomini che si fanno la manicure, – disse Mansani sprezzante.

– Eppure ce ne sono. Magari qualcuno viene piú per far confondere che per altro. Ce ne sono di quelli

che non smettono un momento di parlare. Dicono spi-
ritosaggini, fanno complimenti... ce n'è qualcuno che
ci sentiamo morire quando lo vediamo. Ma per una ragazza, è cosí dappertutto. Quando facevo la commessa, era la stessa cosa. Gli uomini, con una ragazza che
lavora, credono di potersi prendere qualsiasi libertà.
E sai, non è da dire che io mi trucchi, a fatica mi do il
rosso alle labbra. Semmai sono questi capellacci che
richiamano l'attenzione. Ma che mi prese, di andarme-
li a ossigenare... Tutti i miei guai sono cominciati di
lí. Perché una bruna passa inosservata... mentre una
bionda, sarà che siamo meno, dà subito nell'occhio.
Nemmeno ti chiamano piú per nome. Dicono: la bionda, e t'hanno bell'e segnato a dito... Basta, non pensia-
mo a queste malinconie. Domani mi ricomincia il lavoro, ma domenica ci si rivede, vero?

– Sí, – disse Mansani, senza entusiasmo. Sentirla
parlare dell'ambiente dove lavorava, l'aveva richiamato alla realtà. Una manicure; una con cui gli uomini
potevano prendersi qualsiasi libertà... – Andiamo, –
disse, e s'incamminò.

Ma gli dispiacque di non averla nemmeno aiutata a
scendere dal muretto; e si fermò ad aspettarla.

Il viottolo risalí fino a portarsi al livello della ferrovia. – Eccola lí la stazione, – le disse.

– Dove? È talmente buio che non si distingue nulla.

Bisognava sforzarsi per distinguere le sagome degli
edifici. Doveva esserci nebbia, la luce dei fanali appariva velata. Piú netti, due fanali si spostavano nel buio.

– Che sono quei due lumi rossi? – domandò lei.

– Sarà una locomotiva in manovra. Vedi? Continuando lungo le rotaie, in due minuti sarei sotto la
pensilina, pronto a prendere il treno.

– Allora vai, non fare complimenti.

– Ma cosa dici? Prima di tutto è ancora presto, e poi, ti pare che ti lascerei qui sola?

Sulla strada ripresero a camminare a braccetto. Lei gli si aggrappava.

– Sei stanca?

– No, no.

Dopo il sottopassaggio Mansani si fermò: – È meglio separarci, potremmo incontrare qualcuno... – Guardò le lancette fosforescenti dell'orologio: – Per me c'è tempo. Va' avanti tu, cosí riprendi la bicicletta e torni subito a casa.

– No, va' avanti tu.

In stazione Mansani pensò bene di completare la cena con una brioscia e un cappuccino. Accese una sigaretta e uscí sulla porta del caffè. Un milite parlava con un ferroviere; due donne erano in attesa del suo stesso treno. Mansani attraversò i binari e si portò sull'altro marciapiede.

Si mise a passeggiare avanti e indietro. C'era nebbia, la vide distintamente che attraversava il cono di luce del lampione. Ma i rossi occhi della locomotiva continuavano a spiccare nel buio. Era ferma, ora: scaricava il vapore. Si sentiva il fruscio, e si vedeva il getto bianco.

Il campanellino cominciò a suonare. Mansani fece dietrofront e tornò al centro del marciapiede.

A un tratto si accorse di Giovanna. Era dietro la barriera dell'uscita. Le fece un cenno, come per dirle che era tardi, che andasse a casa: ma lei rimase immobile nella mezza luce del corridoio.

Arrivò il treno, s'interpose tra loro. Mansani si affrettò a salire, entrò nel primo scompartimento, si af-

facciò al finestrino. Giovanna era sempre lí, addossata al muro. Aveva voluto aspettare di vederlo partire.
E sí che doveva avere anche fame, aveva mangiato solo
un panino. « Potevo lasciarle i soldi, che si prendesse
anche lei un caffellatte ».

Il treno si mosse, non gli restò che farle un cenno di
saluto.

IV.

Per quanto avesse camminato in fretta, arrivò all'appuntamento che le tre erano passate da un pezzo. Giovanna era già lí che aspettava. Appena lo vide, gli andò incontro:

– Avevo paura che non fossi potuto venire.

– Infatti non m'è stato facile trovare una scusa.

– Perché non sei venuto in bicicletta?

– Per non farlo sapere a mia cognata.

– Non sei andato a desinare da lei?

– No. Sono arrivato ora. Per l'appunto il treno aveva anche ritardo... A proposito, alla stazione ho visto tua sorella.

– Sí, lo so. Era venuta a prendere il fidanzato –. E fece per dargli braccio. Lui si sottrasse: – Su, non perdiamo altro tempo, – e la precedette per il viottolo.

Nei giorni scorsi era piovuto, e il tappeto d'aghi era lustro e scivoloso. Mansani proseguí senza curarsi della ragazza. Nella depressione davanti alla macchia, c'era addirittura un acquitrino. Lo scavalcò con un salto.

Si voltò ad aspettarla:

– Avanti, sbrigati. Fai come me, salta, – e le tese la mano.

– Non posso, ho la gonna stretta.

– Allora gira di là –. Costeggiò il folto di lecci finché

trovò un varco verso la spiaggia. Continuò spedito tra i monticelli di rena. – Aspettami, – implorava lei. – Ci affondo coi tacchi...

Finalmente lui si fermò; si tolse l'impermeabile e lo stese sulla rena.

– Tanta fretta hai? – disse Giovanna sorridendo.

Lui rimase serio:

– Non ci possiamo sedere sulla rena, è bagnata. A-vanti, siediti.

La gonna stretta la impacciava anche nel mettersi a sedere. Per un momento, le si scoprirono le cosce fino alla carne bianca sopra le calze. Mansani la guardava torvo: la goffaggine dei movimenti gli pareva una conferma della sua abiezione.

Accese una sigaretta; soffiò via il fumo, e disse:

– Gina s'è fatta proprio una ragazza; l'altra mattina non l'avevo riconosciuta.

– L'altra mattina?

– Sí, giovedí, quando è venuta a trovarmi in banca.

– È venuta a trovarti in banca?

– Come, non lo sapevi?

– No. Perché era venuta? – Pareva sorpresa, e anche un po' ansiosa.

– Per una cambiale di tuo padre.

– Ah –. Dopo un momento domandò: – Tu ci hai parlato?

– Se ti ho detto che è venuta proprio da me... Io ero sicuro, anzi, che tu lo sapessi.

– No, non ne sapevo niente... Ma sai, con mia sorella, nemmeno ci parliamo.

– Perché?

– Perché è una stupida. Si dà un sacco d'arie, crede di essere chissà chi. Specie da quando è fidanzata...

    — Con chi è fidanzata?

    — Con un tenente pilota... che poi, figurati se fa sul serio. E allora lei s'è messa in testa che io sia invidiosa. Siccome le ho detto qualche parola... E cosí, fa l'offesa. Povera scema —. Poiché lui taceva, continuò: — Io volevo solo metterla in guardia. Prima di fidanzartici, le ho detto, è bene che tu ci pensi due volte. È uno che a fatica conosci, e poi, è un militare: ora è a Orbetello, e può venire a trovarti anche tutte le settimane; ma metti che lo sbattano nell'Italia meridionale, o addirittura in Africa... Ti pareva che le dessi dei cattivi consigli? Invece lei se l'è presa a male. È una stupida, ti dico, non ha un briciolo di cervello. Va bene che io alla sua età non ero mica meglio, — e sorrise. — Ma tu perché stai in piedi? Siediti qui, ti ho lasciato il posto —. Mansani si mise seduto. — Vieni piú vicino... rischi di sporcarti i calzoni, sennò. Non ti va piú di starmi vicino?

    Mansani non rispose; né si avvicinò. — Tu mica le hai raccontato di noi?

    — A Gina? Te l'ho detto, non ci parliamo nemmeno.

    — E... a tuo padre?

    — Sei matto? — Lo guardò inquieta: — Perché mi fai queste domande? — Gli prese la mano: — Mario, ti vedo serio: hai qualcosa, oggi. Dimmi che hai.

    — Ora te lo dico. Dunque tu non lo sapevi che Gina era venuta a parlarmi per conto di tuo padre.

    — No, non lo sapevo. Ma a parlarti di che? Mario, spiegati; non mi tenere sulle spine.

    « La fa bene la commedia », pensò Mansani; ma si contenne. — Perciò non sai nemmeno della firma di garanzia che ho dovuto mettere sulla cambiale.

– No che non so nulla. Non capisco nemmeno...

– Ma guarda –. La fissava sorridendo ironico: – Lei poverina non sa nulla e nemmeno capisce...

– Mario, perché mi parli cosí? Ti vuoi spiegare, una buona volta?

– Mi spiego subito. Tuo padre giovedí mi ha mandato tua sorella perché gli mettessi una firma di garanzia su una cambiale di trecento lire. Lo sai, almeno, cos'è una firma di garanzia?

– No. Mario, te l'ho detto, io non so niente di queste cose. Devi spiegarmi per bene, se vuoi che capisca.

– Non sai nemmeno cosa sono le cambiali? bills

– Sí, quelle purtroppo sí: in casa ne ho sentito parlare da quando ero piccina.

– Meno male. Dunque la banca, se non si fida, può esigere la firma di un garante. Di uno che s'impegni a pagare nel caso che quello non paghi.

– Tu ti sei fatto garante per mio padre?

– Già. E siccome tuo padre non si sognerà nemmeno di pagare, le dovrò tirare fuori io le trecento lire. Cominci a capire, ora?

– Sí, sí. Ma tu non dovevi farti garante. Se avessi aspettato a parlarne con me, ti avrei detto di non mettere nessuna firma. Perché lo so come fa mio padre... quando è nel bisogno, non ci pensa un minuto a imbrogliare una persona. Ha imbrogliato anche quel poveraccio di Telemaco, figurati un po'.

– Come facevo a non firmare... se tu gli hai raccontato di noi?

– Ma io non gli ho raccontato nulla, Mario; che cosa ti sei messo in testa?

– E allora, perché si è rivolto a me per la garanzia della cambiale.

– Può averlo fatto cosí, perché non sapeva a chi rivolgersi. Qui a Marina ormai lo conoscono, non gli fa piú credito nessuno.

– Ma perché gli son venuto in mente proprio io.

– Non so, non capisco proprio. Oh, Mario, mi dispiace, sono mortificata. Ma tu non devi pensare che ne abbia colpa. Io sono stata attenta a non farmi accorgere di nulla –. Rifletté un istante: – L'altra sera magari, quando sono tornata a casa tardi, si sarà anche immaginato che ero stata a un appuntamento. Ma non mi ha domandato nulla, e io non ho detto mezza parola che potesse fargli sospettare... – Scosse con forza il capo: – No, guarda, dal mio contegno non può proprio aver capito... L'altro giorno a tavola parlava di te... veramente parlava di tuo padre, ma ha rammentato anche te. E io zitta, facevo l'indifferente –. Gli stringeva la mano: – Mario, credimi, io non ne ho colpa. Capisco che tu sia arrabbiato, ma io, proprio, non ne ho colpa –. Lui non diceva nulla. – Di quanto è la cambiale, di trecento lire? È una somma forte, accidenti. Ma se ce le dovessi rimettere, te le restituirò io, un tanto al mese. Ti renderò trenta lire tutti i mesi, va bene? Di piú, magari, non ti potrei dare...

Mansani cominciava a sentirsi scosso dalle parole della ragazza. E piú ancora dal tono di voce. Sembrava talmente sincera... Senza volerlo, rispose alla pressione delle dita di lei. Giovanna gli venne vicino col viso: – Ora che tutto è chiarito, me lo vuoi dare un bacio? Per dimostrarmi che non sei piú arrabbiato...

Mansani, invece di intenerirsi, si irrigidí. – Non è chiarito un bel nulla, invece. Mi hai detto che non sei stata tu... ma io mica ci ho creduto.

– Mario, guarda che mi offendo.

– Aspetta che t'abbia detto tutto, prima di offenderti. E per cominciare, ascoltami bene: io non sono mica cosí stupido da credere a una come te.

Sentí che ritirava la mano:

– Smetti di offendere, Mario...

– Ah, ti pare anche di aver ragione? Per colpa tua ci rimetto trecento lire: e dovrei anche ringraziarti?

– Non è colpa mia se mio padre è un farabutto. E poi se ce le dovessi rimettere te le restituirò io.

– Figurati se ci credo. Ma poi, è inutile che reciti la commedia... prima davi della scema a tua sorella, adesso dài del farabutto a tuo padre... per farmi credere che non c'entri nulla con loro. Ma io non sono mica stupido: l'ho capito benissimo che siete d'accordo. Sí, tuo padre, te e tua sorella: tutta la famiglia. Ah: dimenticavo tua madre. Ma che bella famiglia. Accidenti al meglio, è proprio il caso di dire. A proposito: chi l'ha avuta l'idea di farmi il ricatto?

Lei non aveva abbassato la testa, teneva solo il viso leggermente voltato. – Ora non dici piú nulla, vero? – Lei fece mostra di non avere inteso. – Perché non parli? Perché non cerchi d'inventarmi qualche altra fandonia?

Si alzò. Ormai la soddisfazione di dirle il fatto suo se l'era levata: poteva anche salutarla. Salutarla e andarsene.

Ma qualcosa lo tratteneva. Accese una sigaretta. La ragazza era rimasta nella stessa posizione, coi ginocchi sollevati, una mano appoggiata dietro, l'altra abbandonata in grembo. Cercò di non guardarla. Per un po' fissò la spiaggia in leggera discesa, e la massa grigia del mare, che pareva convessa anziché piatta. C'era lí accanto un arbusto di ginepro: notò che aveva ancora le coccole. Allungò la mano per coglierne una, si punse un dito; se lo portò alla bocca, con la saliva inumidí il polpastrello. Colse lo stesso la coccola, la osservò un momento e la scagliò via.

Finalmente si decise: – Per favore, ti scansi? Devo riprendere l'impermeabile –. Lei si scostò vivacemente. Mansani raccattò l'impermeabile, lo scosse, se lo infilò. Il suo sguardo tornò a posarsi su lei, si fissò sulla scriminatura che spiccava come un solco scuro tra i capelli piú rossicci che gialli. – Non stare lí, prendi freddo. Andiamo, vieni via anche tu.

« Faccia pure l'offesa. Per quel che me ne importa... » Ma non si decideva a lasciarla. La vide portarsi la mano al viso. « Cosa fa? Piange? » Stando in piedi, non riusciva a vedere. « Be', pianga pure. Sta fresca, se spera di commuovermi... »

A un tratto, lei alzò il viso e lo guardò. No, non aveva pianto. Era pallida, però. Ma la voce l'aveva ferma:

– Se volevi trovare una scusa per lasciarmi, potevi inventare qualche altra cosa. Anzi, non importava nemmeno che trovassi una scusa. Bastava che mi dicessi che non volevi piú vedermi. Ma potevi risparmiarti di offendere, – e la voce le tremò leggermente.

– Ah, perché la firma sulla cambiale me la sono inventata? – Rise sforzatamente: – Sarebbe bene, se me la fossi inventata... Purtroppo alla scadenza dovrò tirar fuori trecento lire.

– Non fingere di non capire. La firma sulla cambiale non te la sei inventata... ma ti sei inventato di me.

– Io non mi sono inventato nulla. Sono i fatti, purtroppo, che parlano chiaro. Tuo padre con me c'è andato a colpo sicuro... segno che era al corrente della tresca. E chi vuoi che l'abbia messo al corrente se non tu?

– Perché per te è stata solo una tresca, vero? – disse lei piano. Aveva di nuovo abbassato il viso.

– E che vuoi che dica? Che è stato un grande amore? Andiamo, Giovanna, non fare storie. Guarda, io arrivo a dirti questo: mettiamoci una pietra sopra, diamoci la mano e restiamo amici. Ti va bene in questo modo?

Lei scosse il capo:

– Io, certo, non merito rispetto. Io sono... uno straccio, un mucchietto di spazzatura... – Lo guardò: – Vero, Mario, che anche tu mi consideri cosí?

Lui guardò da un'altra parte, a disagio. – Via, Giovanna, non esagerare. Io non ti considero affatto... come dici tu. Dianzi, magari, mi sarò lasciato trascinare dalle parole: succede, quando ci si arrabbia. Ma insomma, dov'è che ti ho offeso? Perché vuoi dire che ti ho mancato di rispetto?

– Hai detto che mio padre mi tiene mano... che t'abbiamo fatto un ricatto... Non sono offese per te, queste?

– E va bene, mi può essere sfuggita una parola: ma avevo pure le mie ragioni per essere arrabbiato. Viene lí tua sorella con la piú bella faccia del mondo e mi mette in mano una cambiale... Cos'avrei dovuto pensare? Ma te l'ho detto, mettiamoci una pietra sopra e lasciamoci da buoni amici. E ora, andiamo, su, che comincia a far tardi. Lí è bagnato, ti prendi un malanno a star seduta in terra.

Lei non si mosse. Mansani restò un momento incerto. Il suo sguardo tornò a posarsi su quei capelli rossi e gialli, su quel nero dell'attaccatura: – Andia-

mo, alzati –. Finí col sedersi lui: – Giovanna, senti.
Tu ti sei offesa perché non ho creduto alle tue parole... e va bene, ho avuto torto. M'ero messo in testa
che la colpa fosse tua, mentre le cose possono essere
andate in un altro modo. Possono averci visti insieme, senza che ce ne siamo accorti. Oppure lí alla stazione, c'erano quei ferrovieri, ti hanno vista che eri
venuta a salutare qualcuno... Per l'appunto c'ero solo io che partivo... E cosí hanno capito che m'avevi
accompagnato. Sí, dev'essere andata in questo modo,
– concluse con tono convinto. – Non credi anche tu
che possa essere andata in questo modo?

Lei non rispose. – Andiamo, Giovanna, facciamo
la pace. Continuare a vederci non è possibile, sarebbe
troppo pericoloso. Per me e per te. Ma ci possiamo
lasciare da buoni amici. Io, credimi, conserverò un
buon ricordo di queste ore che abbiamo passato insieme. Non m'importa nemmeno della cambiale. Mi dispiaceva solo... dover pensare male di te.

– Perché, ora pensi bene?

La guardò sorpreso:

– Se t'ho detto che mi sono convinto che non c'entri nulla in quest'affare... Di tuo padre, certo, ho un'altra opinione. Ora lascio passare un po' di tempo,
ma poi glielo voglio proprio dire quello che penso di
lui.

– Ecco, vedi, tu continui a offendere.

– Ma se l'hai riconosciuto anche tu che tuo padre è
un farabutto! Anzi, questa parola, sei stata tu a dirla. Io, devi ammettere che m'ero espresso con piú riguardo.

– Non sono le parole che offendono.

– E allora che.

Lei scosse il capo:

– Tanto è inutile, non capiresti nemmeno. Non capiresti... perché sei anche tu come gli altri. Parlate, e nemmeno vi accorgete di offendere –. Ebbe quasi un sorriso: – È vero, tu mi hai parlato con riguardo. Non m'hai nemmeno detto puttana.

Mansani, chissà perché, si sentí offeso lui:

– Io, se non ti dispiace, sono una persona educata. Perciò certe parole non le dico.

– Però le pensi. Ma sí, Mario, non negare. Pensi che io sia una puttana, che mio padre mi faccia da ruffiano... E allora perché non lo dici apertamente? Perché non m'hai detto in faccia puttana? Perché non vai da mio padre e gli dici in faccia ruffiano? Credi che ci farebbe specie? – Scoppiò in una risata: – Ma se tra noi ce le diciamo tutti i giorni queste parole! Che io sono una puttana, ha cominciato a dirmelo che avevo tredici anni. E che lui è un ruffiano, è tanto che glielo dico. Da quando ho saputo di mia madre... Perché fingi di cascare dalle nuvole? Non lo sapevi che mia madre è stata l'amante di Lúperi? E che mio padre faceva finta di nulla perché gli conveniva?

Tentò di interromperla:

– Ma Giovanna questo che c'entra, ora.

– Come, che c'entra? Sto parlando di mia madre; non è mica un'estranea, mia madre... – Ebbe un sorriso cattivo: – Perché, che sia mia madre, su quello non ci sono dubbi. Il padre, dicevano che fosse Lúperi... Invece no: sono proprio figlia di Renato Lorenzi. E si vede, no? che sono figlia sua. Non ho dirazzato, vai.

– Ma non te ne devi fare una colpa: uno i genitori mica se li può scegliere...

– Ma io non me ne faccio una colpa; me ne faccio un vanto. L'hai detto anche tu, prima, che siamo una gran bella famiglia...

– Ma non devi dar peso a una parola! Giovanna, andiamo, calmati. Non voglio vederti in questo stato. Io non avevo nessuna intenzione di offenderti, te l'ho detto prima...

– E come vuoi che mi possa offendere? – S'era voltata verso di lui e lo aveva preso per le braccia: – Come vuoi che mi possa offendere quando fin da piccola mi son sentita dire che mia madre era una puttana! E che mio padre era anche peggio, perché ci campava. Me lo dicevano gli altri ragazzi, me lo dicevano le persone grandi... Sarei stata fresca, se mi fossi dovuta offendere. Capisci, Mario? Alle offese ormai ci ho fatto il callo, non mi fanno piú né caldo né freddo... – Lo stringeva convulsa: – Voglio dirti di piú, mi fanno perfino piacere... Ci godo, sí, a sentirmi offendere... E dunque offendimi anche tu, non ti riguardare... Dimmelo in faccia quello che pensi di me... Dimmelo che sono una puttana, un mucchio di spazzatura..., – e cominciò a singhiozzare. Sob

– Giovanna, no, – fece lui, e cercò di attirarla a sé; ma lei continuava a tenergli le braccia. Continuava anche a parlare, ma i singhiozzi non lasciavano capire piú le parole. – Calmati, su. Smetti di piangere –. Finalmente riuscí a liberare il braccio e a passarglielo intorno al collo. – Ecco, appoggia la testa. Tu... non hai colpa di nulla. Non ti devi mettere in testa le cose. E non devi dar peso a quello che dice la gente. La gente è cattiva, ne dice tante... Andiamo, smetti, asciugati il viso. Non ce l'hai il fazzoletto? – Tirò fuori il suo dal taschino, glielo diede; lei lo strinse senza pensare a servirsene. – Avanti, asciugati.

I singhiozzi erano cessati; si asciugò adagio il viso col fazzoletto appallottolato.

Rimasero un pezzo senza parlare. Poi lei fu scossa da un brivido. – Hai freddo? – le chiese, premuroso. – Vuoi che ci muoviamo?

L'aiutò ad alzarsi. Giovanna teneva sempre in mano il fazzoletto; glielo restituí. Mansani fece per incamminarsi, e lei: – Aspetta un momento –. Dalla tasca dell'impermeabile tirò fuori il portacipria; l'aprí, si guardò nello specchietto, poi si passò il piumino sul viso. – Hai un pettine? – gli chiese.

Mansani glielo porse. – Vuoi che ti tenga lo specchio?

– Non importa, mi do solo una ravviata –. Si limitò a pochi colpi di pettine. Si chinò, una dopo l'altra si tirò su le calze, tornò a stringere i lacci. – Ora possiamo andare.

– Vieni, si fa prima di qui, – disse Mansani, e imboccò un viottolo tra i giunchi e le canne che costeggiavano il fosso.

Quasi inavvertitamente la giornata volgeva alla fine. Il cielo uniformemente nuvoloso era incupito, l'aria era diventata grigia. Giú nel fosso l'acqua era nera. Sul ponticello, Giovanna si fermò a togliersi la rena dalle scarpe. Mansani aspettò che avesse finito per offrirle una sigaretta.

– Grazie, – rispose lei accettando.

Per un po' fumarono in silenzio, Giovanna appoggiata alla spalletta, Mansani in piedi davanti a lei. Sembrava tranquilla; aveva solo l'aria stanca. Si accorse che la stava osservando:

– Devo avere una faccia da far paura –. Sorrise: Per l'appunto, ho anche dimenticato il rossetto... Meno male che sta venendo buio. A proposito, fammi vedere il fazzoletto, non vorrei avertelo sporcato.

Mansani tirò fuori il fazzoletto:

– È sempre umido, – disse sorridendo.

– Vedi, te l'ho macchiato, – fece Giovanna.

– Dove?

– In questo punto qui –. Una tenue traccia di rosso era percettibile anche con quella poca luce. – E ora come facciamo?

– Gli do una lavata in treno, – disse Mansani.

– Senza sapone il rossetto mica va via. Mi dispiace, – aggiunse dopo un momento. – Io poi sono stata una stupida, ce l'avevo il fazzoletto, perché avrò preso il tuo.

Mansani provò l'impulso di abbracciarla. Ma ebbe paura che lei interpretasse male il suo gesto; cosí, si limitò a stringerle un braccio. Subito dopo dovette guardare da un'altra parte, perché gli s'erano inumiditi gli occhi.

– Allora? Che si fa con questo fazzoletto?

Mansani si riscosse:

– Lavamelo tu.

– Ma poi come faccio a ridartelo?

Già, perché avevano stabilito che non dovevano piú rivedersi. Era stato lui che l'aveva stabilito. Ma fece presto a cambiare idea:

– È semplice: me lo ridai la prossima volta.

– La prossima volta quando? – Scosse la testa: – È meglio smettere... lo hai detto anche tu che è troppo pericoloso. Qualcuno se n'è già accorto... va a finire che lo vengono a sapere tutti.

— Potremmo starci piú attenti.

— E non ci siamo stati attenti? Eravamo sicuri di averla fatta franca... Invece, lo vedi, qui anche le cose hanno gli occhi.

— Vediamoci un'altra volta ancora. Una sola.

— A che scopo? Piú avanti si va, e peggio è. No, Mario, lasciamoci stasera... Io te lo dissi subito la prima volta che sarebbe stato meglio non farne di niente.

— Si stava cosí bene insieme, — si rammaricò lui.

— Ma non si può. No, Mario, smettiamo finché siamo in tempo... Poi comincerebbero le chiacchiere, e allora, diventerebbe una brutta faccenda. Specialmente per te. Di me magari ne hanno già dette tante... Su, dammi un'altra sigaretta.

Fumarono in silenzio. In silenzio fecero il pezzo di strada che li divideva dal viale.

— Il fazzoletto, tienilo per ricordo, — disse improvvisamente Mansani.

— Sí, Mario.

Lui esitava:

— Allora? Dobbiamo proprio dirci addio?

Lei sorrise:

— Ma ci capiterà di rivederci...

— Perché non fissiamo un giorno? Non dico subito, di qui a un mese, magari.

— No, lasciamo che sia il caso, — rispose Giovanna.

v.

In alto il cielo aveva una promettente tinta chiara, ma sopra le colline che chiudevano la pianura c'era uno scuro ammasso di nuvole. Mansani non se ne preoccupò troppo, sapeva che il levar del sole le avrebbe dissolte.

Era giunto in stazione che il treno non era ancora stato portato sul binario. Fu preso dall'impazienza di partire: ogni mezzo minuto guardava l'orologio. Finalmente sentí il fischio di partenza. Il treno si mosse, ed egli si abbandonò all'indietro, chiudendo gli occhi.

Ma non gli riuscí addormentarsi. Dopo una diecina di minuti ci rinunciò, e tornò a guardar fuori. Il disco del sole era due dita sopra la linea dell'orizzonte; le nuvole, ridotte a brandelli, pareva che fossero lí per dare piú risalto allo sfolgorio trionfale dei raggi.

Era cosí eccitato che a Campiglia dimenticò di comprare il giornale. Se ne ricordò troppo tardi, quando il treno s'era già rimesso in movimento. Si accorse che era salita anche quella giovane ragazza... e sperò che venisse a sedersi vicino. Mica per nulla, tanto per ingannare il tempo. Guardare una bella ragazza, è sempre un'occupazione piacevole. E poi, gli sarebbe piaciuto che lo vedesse in divisa. Ma la ragazza passò oltre senza far caso a lui.

A San Vincenzo salí Franceschino. Era assonnato e lí per lí non si accorse di nulla. Spalancò gli occhi:

– Ma come: t'hanno richiamato?

– Sí, – rispose Mansani, e finse di avere un'aria preoccupata.

– E... dove devi andare?

– A Livorno.

Franceschino si mise seduto. Aveva la barba lunga, i capelli arruffati, il bavero dell'impermeabile tirato su. Fece per accendere una Moresca, ma Mansani lo prevenne offrendogli una Giubek: – Fuma una di queste. Le tue, appestano. Credi che mi manderanno in Africa? – domandò poi.

– Veramente il porto d'imbarco per l'Africa è Napoli.

– Be', può darsi che mi tengano un po' di tempo a Livorno e poi mi mandino a Napoli... – Scoppiò in una risata: – M'hanno richiamato per un corso di quaranta giorni. Oh, dico, mica vorrai che mi sbattano davvero in Africa –. Abbassò la voce: – Io sto bene a casa. Dice che ce n'è tanti che hanno fatto domanda di volontario, ci mandino loro.

– Credi che sarà una faccenda lunga?

– Eh, – fece Mansani. – L'Abissinia è sempre stata un osso duro per noi. L'altra volta, ce ne morí tanti... E a qualcuno gli è successo anche peggio –. Si mise a ridere: – Lo sai, no, che scherzo ti combinano gli Abissini se ti prendono prigioniero?

Franceschino era rimasto serio. – Io ho fatto la domanda di volontario, – disse alla fine.

– Ma sei ammattito? Queste son cose che le può fare un giovanotto. Mica uno che ha la responsabilità della famiglia...

Franceschino lo guardò:

— Mario, io non vado piú avanti... La domanda, l'ho fatta proprio perché ho famiglia.

Mansani non seppe piú cosa dire. Che l'amico fosse in cattive acque, l'aveva capito da tempo; ma che fosse addirittura alla disperazione... Perché solo a un disperato poteva venire un'idea simile.

Franceschino scese a Cecina. Mansani lo guardò allontanarsi con le mani in tasca, la testa insaccata nelle spalle; e quell'immagine gli rattristò l'ultima parte del viaggio.

In caserma se la sbrigò presto. Alle undici li lasciarono liberi fino alla mattina dopo, in modo che avessero tempo di trovarsi una camera.

Lui invece per prima cosa si preoccupò di ritrovare Giovanna. Stupidamente non aveva mai pensato a chiederle dove lavorava; ma di manicure, a Livorno, non ce ne dovevano essere molte.

In un bar del centro gli dissero che ce n'era una in Via Grande.

Entrò risoluto. Una ragazzina col camice bianco lo guardò con aria interrogativa.

— Qui c'è una manicure?

— Sí, signor tenente; si accomodi.

— Aspetta: come si chiama?

— Marcella.

— Ma è il nome vero?

— Certo, — rispose la ragazzina.

— Io ne cercavo una che si chiama Giovanna. Sai mica dove lavora?

— No, signor tenente.

— Grazie, — rispose Mansani, e si affrettò a uscire. Per l'imbarazzo, era tutto sudato.

E ora? Poteva girare per il centro, ed entrare da tutti i parrucchieri per signora. Ma era una faccenda troppo imbarazzante. Giovanna, l'avrebbe rintracciata in ogni modo: gli sarebbe bastato andare la sera alla partenza del treno.

Gli venne in mente di consultare l'Elenco Telefonico. Diede una scorsa ai Parrucchieri. C'era un avviso in neretto: *Gino. Parrucchiere per Signora. Manicure. Pedicure.* Gino era il parrucchiere dov'era stato. Nessun altro faceva servizio di manicure.

«Che Giovanna non m'abbia detto la verità? Se m'avesse detto che fa la manicure, cosí, tanto per vantarsi? Per apparire qualcosa di piú che una semplice parrucchiera? O che addirittura faccia un altro mestiere?» A Marina, è vero, sapevano che lavorava in un salone; ma poteva essere una voce messa in giro apposta.

Era piú urgente trovarsi la camera. Doveva provare subito da quella signora dov'era stato quando faceva il servizio di prima nomina.

Scese nell'Albergo Diurno. Vide che lo avevano rinnovato; e dopo, si trattenne nell'atrio luccicante di mattonelle. Aveva comprato il giornale, e scorreva l'elenco dei cinematografi. C'erano un paio di film che avrebbe visto volentieri. Mentalmente perfezionò il programma della giornata: «Adesso mangio, mi trovo la camera, torno in stazione a svincolare il bagaglio; se mi resta tempo, vado al cinema».

S'era quasi dimenticato di Giovanna: quando se la vide davanti in camice bianco.

– Cosa fai qui? – esclamò sorpreso.

– E tu? In divisa, mi parevi e non mi parevi...

– Ma tu come mai sei qui? – insisté Mansani.

– Perché ci lavoro.

– Non mi avevi detto che...

– Ti avevo detto che lavoravo in un salone. Invece lavoro al Diurno –. Era arrossita. – Ma tu dimmi, svelto, come mai sei in divisa? T'hanno richiamato?

– Sí, – rispose Mansani. – Senti: si va a mangiare insieme?

– No, grazie, io mangio qui. E poi, ho un'ora sola libera, non avrei nemmeno il tempo...

– Si va vicino.

– Ma sono vestita male.

– Si va in un locale alla buona.

Si lasciò convincere; e lo condusse lei in una trattoria che conosceva.

Entrarono in una specie di corridoio, in fondo a cui c'era il banco, come nelle mescite. Mansani si sfilò il cinturone e si tolse l'impermeabile, ammucchiando tutto su una sedia.

– Stai proprio bene in divisa, – gli disse lei sorridendo. Non s'era tolta l'impermeabile perché era vestita troppo male. Prima di uscire s'era ridata il rossetto e s'era legata i capelli con un nastro. Ma il nastro era scolorito, e il rossetto metteva in risalto le occhiaie e le screpolature della pelle.

– Tu ci vieni spesso qui?

– Ogni tanto: quando sono stufa di mangiar panini.

Una ragazza venne a prendere le ordinazioni:

– Asciutta o in brodo?

Mansani stava per chiedere la carta, ma capí che non era il caso. – Asciutta, – rispose.

– Anche a me, – disse Giovanna.

Mansani si sentiva a disagio. Pensava che per un

ufficiale non era decoroso pranzare in un posto del genere. Per vincere l'imbarazzo, accese una sigaretta.

– Fumi prima di mangiare?

Invece di risponderle, le chiese:

– Perché non m'avevi detto che lavori al Diurno?

– Perché non lo dico a nessuno. Cosí, il Diurno dà una brutta idea. La gente pensa subito ai gabinetti, – e rise. – È un supplizio stare dieci ore in quel sotterraneo. C'è un'aria viziata... Io la sera ho sempre mal di testa.

– A che ora esci?

– Alle sette e mezzo. La sola cosa buona è che lí alla tua ora te ne vai. Mentre dai parrucchieri non c'è orario. Magari tirano giú la saracinesca, ma dentro si continua a lavorare anche fino alle dieci. Mi ricordo quand'ero da Gino...

– Da Gino in Via Grande?

– Lo conosci?

Mansani rispose con un gesto evasivo: non voleva dirle che l'aveva cercata. Preferiva farle credere che s'erano incontrati per caso.

– Ci sono stata un anno, – disse Giovanna. – Ed erano piú le sere che perdevo il treno di quelle in cui riuscivo a prenderlo.

– E allora come facevi?

– Andavo a dormire da un'amica. Ma la cena, bisognava che la saltassi, perché non avevo i soldi... Ero apprendista, Gino mi pagava solo l'abbonamento del treno.

Furono interrotti dall'arrivo della pastasciutta.

– Ah, – fece lei quando ebbe finito, – adesso mi sento meglio. Che ore sono?

– L'una e quaranta.

– Fra dieci minuti bisogna che vada.

– Dovrai pur mangiare il secondo.

– No, mi basta cosí... Me la dài una sigaretta?

Mansani tirò fuori il pacchetto; ne prese una anche per sé.

– Hai visto che il caso ci ha fatto incontrare? – disse lei con un sorriso.

– È perché mi hanno richiamato.

– Già, – fece lei diventando seria. – Ne hanno richiamati parecchi, anche a Marina... Tu non sai mica dove ti mandano?

– Potrebbero anche lasciarmi a Livorno, – buttò là Mansani.

– Speriamo. Il fidanzato di mia sorella, ha avuto l'ordine di tenersi pronto a partire per destinazione ignota. E ha detto che sicuramente si tratta dell'Africa. Be', io bisogna che vada. Tu non ti scomodare. Ciao.

– Vengo a prenderti alle sette e mezzo –. Finí di mangiare in fretta, pagò e uscí. Gli era passato l'entusiasmo. Non aveva voglia nemmeno di cercarsi la camera.

– Andiamo a piedi, – gli disse subito Giovanna. – Sono stata tanto ferma, ho voglia di camminare.

Era l'ora del passeggio, e Via Grande era affollata. Finalmente furono sul viale di lecci che conduce alla stazione. Camminavano sul sentiero inghiaiato. Dopo un momento di esitazione, Mansani la prese a braccetto. E poi le disse che sarebbe rimasto quaranta giorni a Livorno.

– L'hai saputo oggi?

– No, oggi non ci sono nemmeno andato in caserma. Lo sapevo già stamani. Anzi, fin da quando ho ricevuto la cartolina del richiamo...

– Perché non me l'hai detto?

– Volevo farti la sorpresa. E allora? Non mi dici nulla? Non sei contenta?

– Certo che sono contenta. Avevo paura che ti mandassero chissà dove.

– Cosí ci potremo vedere tutte le volte che ci pare. E senza la paura che lo vengano a risapere... – Giovanna rimase zitta, e lui continuò: – Durante il giorno sarò occupato anch'io, ma la sera sarò sempre libero. E tu qualche volta potrai dire a casa che resti a dormire da un'amica... Ascolta, Giovanna: ho trovato una camera con l'ingresso separato. Sarà la nostra camera...

Lei si fermò:

– Mario, senti. Io... sono stata contenta di rivederti; ma non ho voglia di ricominciare.

La guardò sorpreso:

– Perché? Qui non ci conosce nessuno: non c'è pericolo che ci vedano.

– Non pensavo a questo. Io, delle chiacchiere della gente, me ne importa poco. È che sarebbe peggio...

– Ma come, Giovanna: ci capita un'occasione d'oro... Io, ti dico, non credevo ai miei occhi quando m'è arrivata la cartolina del richiamo. Quaranta giorni a Livorno, solo, libero... È stata proprio la Provvidenza.

– Mario, che dici. La Provvidenza quando tu sei sposato ed è già male quello che abbiamo fatto...

– Non devi avere di questi scrupoli: mia moglie non sa niente e non ne verrà a saper niente. Perché non dovremmo farlo? Siamo stati cosí bene quelle

poche volte che ci siamo visti... E all'aperto, al freddo, all'umido... e con la paura che lo venissero a risapere. Mentre qui nessuno farà caso a noi. Vedi? Ce
ne andiamo a braccetto, e nessuno ci guarda. Crede-
ranno che siamo fidanzati, o sposati... Non siamo mica
in un paese, dove tutti si occupano degli affari degli
altri.

– Te l'ho detto, non è di questo che mi preoccupo.

– E allora di che –. Cominciava a spazientirsi.

Lei liberò il braccio:

– Vieni, sediamoci su quella panchina. Tanto per
me è presto.

– Allora? – disse lui quando si furono seduti. Le
passò il braccio intorno alla spalla: – Non ti dico mica
di fermarti stasera. Domani sera, magari. Tu avverti
a casa che non stiano in pensiero se non ti vedono tornare...

– Io non voglio diventare la tua amante, – disse lei.

Stavolta s'irritò proprio:

– Ci sei venuta in pineta con me? E allora perché
fai tante storie?

– Ma era una cosa differente.

– Non vedo la differenza. In pineta, mica ci siamo
stati a cogliere le margheritine.

– Era differente, – ripeté lei. – Vedi, Mario, finché
mi portavi in pineta ero solo una ragazzaccia con cui
volevi levarti un capriccio...

– Mi pare che i capricci li fai tu, stasera. Andiamo,
Giovanna, smettila. Stasera ti lascio andare, ma domani sera mi devi promettere che rimani. Si mangia
in una trattoria, e si va a nanna... Il letto è a una piazza e mezzo, ci si sta benissimo anche in due. Non mi
dire che è un programma che non ti piace –. Cercava

di volgere la cosa in scherzo, perché lei fosse meno re-
stia ad accettare.

– È il programma di domani sera... o di tutte le
sere?

– Di tutte purtroppo no; il sabato, mi toccherà andare a casa.

– Ma questo significa convivere; lo capisci, Mario?
La sera sempre a cena insieme; e a dormire insieme...
Ti prego, lasciami dire. Non credere che parli cosí,
tanto per parlare. È tutto il giorno che ci penso... Perché l'ho capito subito che intenzioni avevi, – e gli sorrise.

– E allora, se l'hai capito, perché mi fai fare la fatica di parlare.

Lei non replicò piú, finí anzi con l'appoggiargli la
testa sulla spalla. – Ecco, vedi, se tu ti contentassi di
questo ci starei anche.

– Se mi contentassi di cosa?

– Di stare abbracciati. Per me è la cosa piú bella...

Passò un soldato, li guardò; accorgendosi che lui
era un ufficiale, si affrettò a voltar la testa. E se fosse
passato un superiore?

– Andiamo, – disse brusco. – Sennò fai tardi al
treno.

Giovanna si ricompose, si alzò; lui tornò a prenderla a braccetto. Fatti pochi passi, lei si fermò:

– Se proprio lo vuoi, allora... facciamolo subito.
Non vado a casa, resto con te.

Lo squillo stridulo della sveglia gli fece fare uno
scossone. D'istinto si voltò verso il comodino e con la
mano brancolò verso l'ordigno. Riuscí a trovarlo e

schiacciò il bottone perché smettesse di far chiasso. Poi rimase immobile, col cuore che gli batteva e il braccio che gli tremava.

Vicino a lui qualcosa si agitò, e la voce di Giovanna disse:

– È già ora?

– Sí –. Accese la luce. Giovanna era coricata di fianco, tutta sotto la coperta: a malapena si vedevano i capelli. – Vado a lavarmi, tu rimani un altro po' a letto.

Quando si fu infilato i calzoni e gli stivali, sfilò il paletto della porta di comunicazione. Il bagno era subito a sinistra.

Per un momento restò a guardare il monumentale scaldabagno, la vasca di zinco, il lavandino sormontato da uno specchio rugginoso. Non era confortevole come a casa sua, dove la vasca era di porcellana e torno torno alle pareti correva uno zoccolo di mattonelle bianche. Si accostò al finestrino e scostò la tendina. Il vetro bagnato non lasciava veder nulla.

Era freddo, ma non si curò di abbottonarsi la giacca del pigiama. Gli si vedevano le costole: con la vita che aveva fatto negli ultimi mesi, aveva perso un bel po' di grasso. «Non lo ricupererò certo in questi quaranta giorni», pensò con un sorriso. Anche Giovanna lo aveva trovato dimagrito: gli aveva detto che pareva un gatto affamato. Mansani gonfiò il petto e incavò lo stomaco, per mettere anche piú in rilievo le costole: soddisfatto di quello che considerava un complimento.

Si chinò verso lo specchio per guardarsi il viso. Si piaceva, con la barba lunga. Si passò la mano sulle guance, sul mento e sopra la bocca, provando piacere a sentirsi bucare. Mansani i capelli li aveva biondi anche se tendenti al rosso; la barba invece l'aveva proprio rossa. E fitta, compatta, che gli scuriva metà della guancia.

Si decise a insaponarsi. La schiuma montò; ne sparse uno strato sulle guance e sul mento, lasciando scoperti i baffi; mentre altri bioccoli schizzavano via dal pennello ricolmo e finivano nel lavandino. Si guardò un'altra volta: il candore della schiuma faceva risaltare la lucentezza degli zigomi, lo scintillio degli occhi, lo scuro dei baffi.

«Accidenti». S'era tagliato il neo sul mento. «Per forza, a dovermi far la barba con questa poca luce...» La colpa non era della luce, era che non ci stava attento. Si guardava negli occhi, invece di seguire la lametta; pensava alla ragazza che era di là in camera... Canterellava, anche; e cosí s'era dimenticato del neo sepolto sotto la grassa schiuma bianca.

Completò la rasatura lasciando che il rivolo di sangue colasse giú per il mento; qualche goccia finí nel lavandino. Si sciacquò: l'impressione di freddo gli fece piacere. Con un batuffolo di cotone compresse il taglio piccolo ma profondo, e aspettò senza impazienza che smettesse di far sangue. Si domandava come sarebbe stato coi baffi. Da giovanotto se l'era fatti crescere due volte: ma non ricordava piú come stava.

Immerse il dito nel pennello e spalmò la schiuma sopra il labbro. Rase anche i baffi, si lavò di nuovo, si disinfettò con l'acqua di colonia. A pettinarsi, fece in un minuto: non usava brillantina, si limitava a bagnare il pettine. Aveva i capelli fini e lisci, che gli stavano a posto da sé. Si guardò un'ultima volta: era fortemente stempiato, ma la cosa non lo preoccupava. Come non lo preoccupava un principio di calvizie in cima alla testa: forse perché in quel punto non si vedeva.

Svitò la macchinetta, e si mise a sciacquare i pezzi. Aveva ripreso a canterellare: *A casa si va e si trova l'amante...* Chissà che aveva inteso dire Giovanna con quel discorso che non voleva diventare la sua amante. Non aveva voglia di starci a pensare. La mattina, non aveva voglia di pensare a nulla: si abbandonava al piacere di vivere.

In camera trovò che Giovanna s'era già vestita.
– Mi lavo un momento la faccia, – gli disse.

– Fai con comodo –. Accese una sigaretta e si sdraiò di traverso sul letto. Era tornato alla soddisfazione piena dei momenti migliori che aveva avuto nella vita. Non c'era paragone con le due brevi relazioni del primo anno che era sposato. Intanto, erano state brevi; e poi, con donne che non gli piacevano. Mentre Giovanna... Non era soltanto che gli piacesse com'era fatta. Tutto gli piaceva di lei, quello che diceva, il modo come si comportava. Gli piaceva proprio starci insieme.

– È sempre presto, fai con calma, – le ripeté quando fu rientrata in camera.

– Ma io sono pronta. Semmai, volevo rimettere a posto il letto...

– E perché? Ci pensa la padrona... – Sorrise: – Se trovasse il letto rifatto, capirebbe che c'è stata una donna.

– Ma per lo meno rassettarlo un po'.

– Lascia stare... Vieni a darmi un bacio.

– Aspetta, guardo se ho dimenticato nulla. Ah: il fazzoletto. Vedi? avevo messo il fazzoletto sotto il guanciale e me ne stavo dimenticando. E tu, dammi la roba da lavare. Ma sí, fazzoletti, calzini, devi dar tutto a me. Te li lavo lí al Diurno, poi li metto sul radiatore del termosifone e in un momento sono asciutti. Te li posso anche stirare...

– Ma non ce n'è bisogno. Prima di tutto, li posso dare alla padrona, e poi il sabato vado a casa, porto la biancheria sporca e prendo quella pulita.

– Per me non sarebbe d'incomodo lavartela.

– Sei la mia amante, mica la mia serva, – scherzò lui.

Lei gli sedette accanto sul letto:

– Mi rispondi se ti domando una cosa?

– Certo che ti rispondo.

– Ma devi rispondere sinceramente. Com'è che t'è venuto in testa di ricercarmi? Non dico ora, tre mesi fa, a Cecina.

– Be'... non saprei. Non è che non te lo voglia dire, ma mi riesce difficile spiegarmi. Eravamo stati tanti anni senza vederci... ma non è che mi fossi dimenticato di te. Vedi, – aggiunse dopo un momento, – tu eri l'ultimo bel ricordo che avevo.

– Che intendi dire?

– Ti ricordi quando andammo in pineta? Era appena finita la stagione... saranno stati giusto i primi di settembre. Be', poco dopo successe la disgrazia di mio padre... e oltre tutto, mi piovvero addosso tante di quelle preoccupazioni... Mi sono riavuto solo adesso –. Era proprio cosí: la morte improvvisa del padre, le preoccupazioni finanziarie, il lavoro in banca, il matrimonio, tutto gli appariva mescolato, in un seguito sbiadito di anni. Solo ora, con Giovanna, gli pareva di essere tornato quello di un tempo.

– Anche per me è stato un periodo brutto, – disse

Giovanna. – Ma sí, cercarmi un lavoro, e poi fare su e giú col treno... Tu ti meravigliavi che non avessi piú cura della mia persona. Ma perché avrei dovuto averla? Ormai avevo dato un addio alla gioventú... Certo, se avessi saputo che ci saremmo rivisti, avrei cercato di farti un'impressione migliore. Di' la verità: quando mi vedesti, ti pentisti d'essere venuto al treno.

– Be', sí... ti trovai cambiata. Ora non saprei dirlo, mi sono abituato a come sei. Non ricordo piú com'eri prima –. Si rammentò d'una cosa; tirò fuori il portafoglio, lo aprí: – Ecco com'eri, – e le porse una fotografia.

Lei da principio non si riconosceva: – Ma guarda, – esclamò alla fine. – Sono io questa. Ma tu come l'hai avuta?

– L'ho avuta da chi te l'ha fatta.

– E chi me l'ha fatta? Aspetta, questo è il molo... Me l'ha fatta Marcello. Marcello Carducci.

– Infatti è stato lui a darmela.

– Non voglio che tu abbia quella fotografia, – disse lei dopo un momento.

– Perché?

– Perché io... non sono piú quella di allora. Se ci tieni ad avere una fotografia... – si fermò un momento, sperando che dicesse qualcosa; ma lui rimase zitto; – te ne darò una di ora.

– Chi te l'ha fatta?

– Il fotografo, chi vuoi che me l'abbia fatta? L'altro mese, dovevo rinnovare l'abbonamento ferroviario, cosí mi sono dovuta rifare le fotografie.

A un tratto lui disse:

– Non vuoi che io abbia quella fotografia perché ti ricorda Marcello.

– Ma cosa ti salta in mente! – e si mise a ridere. – Non voglio che tu abbia quella fotografia... perché ti devo piacere come sono ora. Piú brutta, magari, ma... meno stupida. Davvero, le fotografie di quel tempo non le guardo piú, mi fanno rabbia. Qualcuna, l'ho addirittura strappata.

– Ora bisogna andare, – disse Mansani alzandosi. – Di qui mi ci vogliono dieci minuti, mi resta appena il tempo di far colazione.

– La fai in caserma?

– Sí, alla Mensa Ufficiali. Ci mangerò anche a mezzogiorno... Ma la sera ceneremo insieme. Ti porterò in certi bei posti... All'Ardenza per esempio c'è quel ristorante sul mare...

– Quello mi piacerebbe, – disse Giovanna. – Ma una volta solamente... Non voglio farti spendere tanti soldi.

S'erano infilati l'impermeabile; lui aprí la porta e diede un'occhiata per le scale. Le scesero cercando di non farsi sentire. Ma a quell'ora, dormivano sempre tutti.

Anche nel vicolo, non c'era nessuno. Si presero a braccetto e si misero a camminare svelti.

Lungo il canale c'era già il sole: che faceva luccicare la superficie dell'acqua. Ma di persone se ne vedevano poche.

– È meglio che ci lasciamo qui, – disse Mansani. – Ormai siamo vicini alla caserma, non vorrei incontrare qualcuno...

– Spiegami solo come faccio ad andare in centro.

– È semplice: vai sempre avanti, lí al ponte pieghi a sinistra e vedi subito Via Grande. In centro un caffè

aperto lo trovi. Fai colazione, e aspetti che venga l'ora
di...

– Sí, – rispose lei. – Ma poi aprono presto anche al
Diurno.

– Be'... ciao. A domani sera –. Fece per avviarsi, ma
lei lo fermò:

– Scusami... sono senza soldi.

– Oh, che stupido –. E si affrettò a metter mano al
portafoglio.

– No, no, mi bastano... due o tre lire. Giusto per la
colazione, e il panino di mezzogiorno –. Esitò un momento: – Domani sera mi ci porti in quel ristorante
sul mare?

– Sí, – rispose Mansani.

VI.

Invece, cenarono in una latteria: tanta furia aveva di portarla a letto.

Ma lei si accorse che la sua furia non era amore: piuttosto il contrario. Le aveva voltato le spalle e stava immobile, come se dormisse.

Lei s'infilò la camicia da notte (prima, non gliene aveva dato il tempo) e tornò a letto. – Devo spengere? – gli disse piano.

Lí per lí non rispose. Si tirò su: – No, voglio fumare –. Accese una sigaretta continuando a stare voltato.

– Potevi offrirla anche a me.

– Prendila, – e le buttò il pacchetto.

Lei non la prese. Disse: – Non sei gentile, stasera –. E dopo un po': – Che hai? Ti ho fatto qualcosa?

– Lasciami stare.

– Allora è vero che sei arrabbiato –. Il suo silenzio le confermò che era vero. – Dimmi che hai.

– Sono di cattivo umore: ecco tutto. A te non capita mai di essere di cattivo umore?

– Quando sono con te, no.

– E quando sei con qualcun altro?

– Ma di chi intendi parlare?

Lui non rispose. Continuava a non guardarla. Lei cercò di prendergli la mano: lui la ritrasse. – Insomma Mario se non ti spieghi come faccio a risponderti?

– Sei tu che fingi di non capire.

– Come faccio a capire, se non so nemmeno di che parli? Senti, Mario, tu sei arrabbiato di qualcosa... ma se non mi dici di cosa...

– Ti ho domandato di che umore eri quando stavi insieme con qualcun altro: mi pare di essere stato chiaro.

– Quale altro? Mario, te lo posso giurare: non c'è mica nessun altro...

Improvvisamente le chiese:

– Con Marcello... cosa ci hai fatto?

Lei si mise a ridere, sollevata:

– Ah, è per questo che sei arrabbiato! Per quella fotografia...

– Rispondi.

– Per caso Marcello ti ha detto qualcosa?

– Tu non ci pensare. T'ho fatto una domanda, rispondi.

– Ma è... una cosa vecchia, – si schermí lei.

– Voglio saperlo lo stesso.

– Non c'è stato nulla. M'ha portato qualche volta a ballare.

– T'avrà per lo meno baciato.

– No, da lui non mi son fatta nemmeno baciare –. Aggiunse: – Marcello potrà anche vantarsi... Ma non è vero, ti giuro che non è vero.

– Ma qualcun altro ha ragione di vantarsi; non è cosí? – E poiché lei non rispondeva: – Franco Mazzoni, per esempio; lui sí, vero?

A un tratto lei lo guardò:

– Io non sono stata una ragazza perbene. Ma tu non hai il diritto di rinfacciarmelo.

– Io non ti rinfaccio nulla. Voglio solo sapere.

– Ma perché vuoi sapere? Oh, Mario, io questo non lo prevedevo, che ti saresti tormentato...

– Ma io non mi tormento affatto. Mica ti chiedo di quelli che non conosco. Ti chiedo di Marcello, perché è mio collega d'ufficio; ti chiedo di Franco, perché siamo amici... Anche per sapermi regolare, quando mi capiterà di rivederli –. Accese un'altra sigaretta: – Franco, l'ho incontrato ieri. Abbiamo parlato un po'... Non aver paura, mica abbiamo parlato di te. Non ce ne sarebbe stato nemmeno il tempo. Ma metti che domani lo ritrovi... perché mi ha detto che viene spesso a Livorno... anzi mi ha detto che viene a mangiare alla Mensa Ufficiali. Come ufficiale in congedo, ne ha diritto. E allora, capisci, non lo potrei evitare, nemmeno se volessi. Metti che a un certo punto si venga a parlare di te... Naturalmente non sarei io a entrare nel discorso. Ma metti che ne cominci a parlare lui...

– Tu dianzi parlavi di Marcello, – disse Giovanna piano. – E con lui non c'è stato nulla, te lo giuro.

– Ma con Franco sí, vero? E allora capisci bene che mi verrei a trovare in una situazione imbarazzante. Metti che lui faccia qualche allusione... Metti che dica: io quella me la sono... Mi capisci, vero? anche senza bisogno che dica la parola.

Giovanna continuava a stare a capo basso. Lui non si sentí impietosito: – Dunque? metti che succeda come ti ho detto. E prima o poi succederà certo. O qui a Livorno, o in treno, o quando sarò tornato a Cecina... Se lui dice in quel modo, io, in che modo mi devo comportare? Devo dirgli: ritira la parola? Devo prenderlo a pugni? O sfidarlo a duello?

Lei si riscosse; senza dir nulla scese dal letto e andò

a prendere la roba che aveva ammucchiato sulla sedia.

— E ora che fai?

— Me ne vado.

— Dove?

— A casa mia.

— Con che treno? Non ce ne sono fino a domattina...
A meno che ne facciano uno speciale per te.

Lei non rispose piú. Esitava a levarsi la camicia da
notte; cercò di rivestirsi senza levarsela.

— Torna a letto, — fece lui. Si sentí invadere dall'ira;
si alzò, la prese per un braccio: — Torna a letto, hai capito?

— Smettila. Mi tronchi il braccio.

— Te lo tronco, sí... Parola mia, te lo tronco. Avanti.
A letto.

Lei tornò a letto, e si rimise nella posizione di prima, con la schiena appoggiata alla spalliera. — Tanto
domattina me ne vado, — disse senza guardarlo.

— Domattina te ne vai, ma queste altre sere torni.

— Nemmeno per sogno.

— Invece ci torni.

— No.

— Come mai? — fece lui, ironico. — Dicevi che mi
amavi... T'è già passato, l'amore?

Lei lo guardò:

— No, non m'è passato. Ma non voglio piú stare con
uno... che si vergogna di me.

— Tu lo sapevi com'ero; e allora, perché ti ci sei
messo? Io ti avevo detto di lasciarmi stare... Io non ne
volevo piú sapere, né di te, né di nessuno. Non vorrai
farmi credere che non conoscevi il mio passato. Lo co-

noscevate tutti, a Cecina! Ero la favola della spiaggia. Come se ci fossi stata soltanto io. Come se tante altre non si fossero comportate anche peggio di me. No, per la gente, ero solo io, Giovanna, la figlia di Renato, la bionda. Ero solo io che portavo un costume indecente. Ero solo io che avevo sempre intorno un nugolo di giovanotti... Intendimi bene, mica voglio dire che fossero solo malignità. No, era anche vero... È vero che ho fatto la stupida con parecchi. E che con qualcuno... ci sono stata anche in pineta. Ecco, ora te l'ho detto, era questo che volevi? Allora, per favore, spengi la luce, e dormiamo.

Lui non spense, ma rimase zitto. Alla fine disse:

– Giovanna, senti: io... mica volevo offenderti.

– Tu non pensi mai di offendere.

– Ti riferisci a quel giorno sulla spiaggia? Ma allora davvero pensavo male di te... perché credevo che avessi avuto parte nella faccenda della cambiale. Quando poi capii che non c'entravi...

Lei scosse la testa:

– No, Mario, è inutile che dici, tu di me pensi male e hai sempre pensato male. Ma scusa: tu pensasti subito che t'avessi voluto fare un ricatto; l'avresti pensato di un'altra? Di una ragazza perbene, voglio dire? E ora è la stessa cosa, ti vergogni di me perché... perché il passato non si cancella. Ormai ho quel marchio addosso, non me lo leva piú nessuno. Cosa importa alla gente se faccio una vita ritirata, se non ho piú dato motivo a chiacchiere... se l'estate nemmeno mi metto in costume... se sono anni che lavoro, che faccio una vita sacrificata... – Lo guardò: – O forse ti vergogni anche di questo, che sono una manicure?

– Io non mi vergogno di nulla, Giovanna; tu hai in-

terpretato male le mie parole. E poi, guarda, su questo
punto hai torto. Perché semmai sei tu che te ne vergogni. Se non di fare la manicure, di lavorare al Diurno...
Dal momento che m'avevi detto che lavoravi in un salone.

– È vero, forse me ne vergogno anch'io. Perciò, è
meglio smettere: cosí non dovremo piú vergognarci di
nulla. Siamo d'accordo?

– No che non siamo d'accordo. Prima di tutto non
è vero che io mi vergogni... Certo, non posso farmi vedere insieme con te. Ma mica perché mi vergogni: perché sono sposato. Fossi sempre giovanotto...

– Fossi sempre giovanotto, faresti come ora. Ci ver-
resti di nascosto con me... perché ti vergogneresti che
la gente lo venisse a sapere. Mi ricordo anche quella
volta che mi portasti in pineta... mi facesti scendere di
motocicletta prima di arrivare sul viale. Perché avevi
paura che ci vedessero insieme.

– Ma come: l'avrei dovuto far sapere a tutti che t'a-
vevo portato in pineta? – Esitò un momento: – Avrei
dovuto fare come Franco, che s'è andato a vantare per
tutto il paese?

Anche lei esitò un momento:

– Ah, Franco s'è andato a vantare?

– Sí, – rispose lui. – Anche in seguito s'è sempre
vantato... d'essere stato il primo –. La spiava: – Il primo... che t'ha portato in pineta.

Giovanna taceva e continuava a tenere la testa bassa. Alla fine lui non ne poté piú: – È vero? È vero,
dimmi, è vero? – E per obbligarla a rispondere l'afferrò per il polso.

Lei ebbe un gesto iroso:

– Lasciami, – gli disse. – Hai capito? Lasciami, – e

lo guardò con odio. Spaventato, si affrettò a lasciarla. Ma un momento dopo s'era di nuovo voltata verso di lui: – È vero, sí, è vero. È stato lui il primo. È stato lui che s'è approfittato di me, del fatto che ero una stupida... Perché era un bel giovane, mi pareva chissà cosa farmici vedere insieme. Capisci? Non me ne importava nulla, era solo per la vanità di farmici vedere insieme... E cosí mi sono rovinata. Ma a lui, vigliacco, non gli è bastato. Ha voluto svergognarmi davanti a tutti. È stato capace perfino di scrivere una lettera anonima...

– Una lettera anonima?

– Al mio fidanzato, sí: non lo sai che m'ero fidanzata con un sergente? Be', un giorno mi ha mostrato una lettera... Non era firmata, ma io ho capito subito che era di Franco.

– Hai riconosciuto la calligrafia?

Lei scosse la testa:

– Era scritta a macchina. Ma da quello che diceva, non poteva essere stato che lui.

– E il tuo fidanzato, che cosa disse?

– Oh, lui nemmeno ci fece caso. Mica m'ha lasciato per questo. Anzi, non è stato nemmeno lui a lasciarmi. È che lo trasferirono in Sardegna, e cosí, a poco a poco, abbiamo smesso di scriverci.

– Capisco, – disse Mansani. Gli piaceva ricevere le sue confidenze. – Sei proprio sicura che sia stato Franco?

– Ne sono sicura sí. Andai anche a ricercarlo, perché volevo dirgli il fatto suo. Anzi, nemmeno gli avrei detto niente, gli avrei sputato in faccia. Giuro che l'avrei fatto, anche se l'avessi incontrato in Via Emilia. Di fronte a tutti, l'avrei fatto. Ma lui se ne stette alla larga. Vuol dire che aveva la coscienza sporca, non ti pare?

– Ma perché l'ha scritta.

– Cosí, per il gusto di farmi del male. Come se non me n'avesse già fatto abbastanza. Quasi non ti sembra vero, eh? che uno come Franco abbia commesso una bassezza simile... Certo, a vedere le arie che si dà, non si direbbe. Ma le persone bisogna avere il modo di conoscerle. E allora, certi che sembrano chissà chi, ti dimostrano di avere un animo cosí basso... Gente che non ha un briciolo di sentimento, ecco. Perché è tutta questione di sentimento, non credi, Mario? Te, per esempio: non sei mica un modello di virtú, – e gli sorrise. – Però sei buono; e allora, ti si perdonano tante cose...

Mansani voleva interromperla; ma si sentí improvvisamente commosso, e rinunciò a parlare. – Sai quando l'ho capito? – continuò lei. – Quella volta che c'eravamo fermati sulla spalletta del ponticello... sí, dopo che avevamo litigato... e a un certo punto mi accorsi che avevi le lacrime agli occhi. Segno che t'era dispiaciuto d'avermi offeso. E anche ora ti dispiace; non è cosí?

– Sí, – disse lui abbassando il capo. – Scusami.

– Non c'è bisogno di scuse. Le scuse, sono parole, l'importante è che uno senta qualcosa dentro. E tu un po' d'affetto per me lo senti, vero? se ti dispiace di farmi star male...

– Io... – cominciò Mansani. – Anch'io sto male, – disse improvvisamente. – E se penso che quel vigliacco di Franco... Non m'importa di quel che dice la gente, non m'importa di nulla. Ma se penso che sei stata con altri...

– Non ci devi pensare, – gli disse lei con dolcezza.

– Magari ci riuscissi. Ho una rabbia dentro, sapessi. Se almeno mi potessi sfogare...

– Sfogati con me –. Lui la guardò. – Picchiami. Insultami, se ti fa piacere...

Lui invece l'abbracciò; l'abbracciò e la tenne stretta.

– Mario, – disse lei dopo un po'. – Non devi aver riguardi per me. Dianzi t'ho detto che non avevi il diritto di rinfacciarmi il passato, invece ce l'hai... e puoi insultarmi, puoi picchiarmi, puoi farmi qualunque cosa... Questo, almeno, non l'ho mai permesso a nessuno...

Stettero un bel po' zitti; e Mansani cominciava ad aver la testa confusa, quando Giovanna riprese a parlare:

– Questi anni addietro ero avvilita... non te l'immagini nemmeno fino a che punto ero avvilita. M'hai detto tante volte che sei rimasto sorpreso di come m'ero buttata giú. Ma che ragione avevo di tenermi su? – Rise: – È un modo un po' buffo di parlare, vero? Ma non so come dirti. Prima di tutto mi vedevo brutta, vecchia... sai, lí al Diurno ci sono specchi dappertutto, ti vedi anche se non ti guardi. Ma ora è diverso. Ora, con te, mi sento di nuovo giovane. Giovane, e anche un po' pazzerella, – e rise. – Davvero, mi verrebbe voglia di mettermi a cantare, da quanto sono felice.

– E tu canta.

– Lí al Diurno, mentre faccio le mani a una cliente? E con la bella voce che mi ritrovo... Non mi azzardavo a cantare nemmeno quando ero una ragazzetta, figurati un po'.

– Tua sorella invece canta bene, – disse Mansani. –

L'ho sentita un giorno che passavo sotto casa tua. Cantava a squarciagola *Scrivimi...*

— Che cosa?

— *Scrivimi*. Quella canzonetta.

Giovanna scosse la testa:

— Io nemmeno conosco piú le canzonette. Davvero, non sto piú dietro a niente. Al cinema, non ci vado mai. La domenica pomeriggio, sono stanca; e il lunedí penso che il giorno dopo mi ricomincia il lavoro, e mi passa la voglia di far qualsiasi cosa.

— Una sera ci si può andare insieme.

— Sí. Ma poi non è che me ne importi. Al cinema, sono tutte stupidaggini. E i giornali illustrati, lo stesso. È con quelli che si montano la testa le ragazze.

— Allora che fai, quando sei a casa?

— Niente, te l'ho detto. Cioè, qualcosa da fare ce l'ho sempre. Mi lavo la biancheria, perché magari gli altri giorni non ho tempo. Mi rammendo le calze.

— Non starai tutto il giorno chiusa in casa.

— Se è bel tempo, esco. Me ne vado sulla spiaggia. L'estate non ci metto piede, ma fuori stagione mi piace.

— Non ti annoi?

— No. Ora specialmente, non mi annoio certo... Mi tieni compagnia tu, — e gli diede un bacio sulla tempia. — Di una sola cosa mi lamento, che faccio una vita troppo scomoda. Se invece che a Livorno potessi lavorare a Cecina... Fossi una parrucchiera, avrei già trovato il posto. Ma come manicure è impossibile, non avrei clienti.

— A Cecina le signore non ci vanno dalla manicure?

— Qualcuna ci va. Ma viene a Livorno.

— Se tu aprissi un salone, verrebbero da te.

– Con che soldi, aprirei un salone? Tanto, ce ne vogliono pochi...

– Te li farei prestare io dalla banca. Che? non ci credi? Le banche ci sono apposta per fare i prestiti...

– A me non lo farebbero certo.

– Oppure te li potrei prestare io. Ma sí, potremmo metterci in società...

– Sarebbe una società che andrebbe a rotoli. Te l'ho detto, a Cecina avrei troppe poche clienti.

– Potresti far cosí: aprire una profumeria. E nel retrobottega, o dietro un paravento, lavorare come manicure.

– Questa potrebbe anche essere un'idea...

Rimasero un pezzo svegli, zitti e immobili. Lui non si sentiva piú il braccio che le aveva passato intorno alle spalle. E anche lei doveva essersi indolenzita, perché fece un movimento.

– Ci stai male?

– Sí, leva il braccio... Sai, la sera mi dolgono sempre un po' le spalle.

– Dovresti farti visitare.

– Dovrei fare una vita meno scomoda... I dolori, scommetto, mi sparirebbero subito. Che ore sono?

A fatica sollevò il braccio:

– Quasi mezzanotte.

– Ma guarda, siamo stati due ore a parlare... La colpa veramente è mia, che chiacchiero tanto.

– Meno male che lo riconosci, – disse Mansani.

Giovanna dormiva sempre. Lui sedette cautamente sulla sponda del letto e rimase a guardarla.

Gli piaceva spiarla nell'intimità del sonno. Aveva

i capelli arruffati: una ciocca le stava ritta, un'altra giaceva schiacciata. In qualche punto la cute era scoperta, e si notava il nero dell'attaccatura.

Dopo averle guardato a lungo la testa, le guardò il viso. Giovanna aveva la carnagione bianca, da bionda. – Occhi scuri, carnagione chiara, capelli castani... Non ero né carne né pesce, per questo mi ossigenai –. Cosí gli aveva detto una volta, come per scusarsi.

Giovanna si rammaricava sempre di aver preso quella decisione. Diceva che tingendoli s'era sciupata i capelli in modo irreparabile. Ma a lui davano tenerezza quei capelli sciupati dalla tintura.

Giovanna diceva cosí perché quell'errore gliene ricordava altri, molto piú gravi, che avevano rovinato la sua vita. Mansani ricordò le parole della sera prima: – È cosí che mi sono rovinata.

Si ribellò all'idea che la vita di Giovanna fosse rovinata. Era un'ingiustizia troppo grossa, che per qualche errore commesso quando era una ragazza inesperta non potesse piú sperare nulla dalla vita. Che per esempio non potesse piú sperare di sposarsi...

Lo squillo della sveglia lo colse di sorpresa. S'era dimenticato che doveva suonare; e non ebbe la forza di alzarsi per farla smettere. Lasciò che la suoneria si esaurisse. Intanto, Giovanna si stava svegliando. Si mosse nel letto, tirò fuori prima un braccio, poi l'altro; si stirò. Alla fine aprí gli occhi. Li teneva socchiusi per abituarli alla luce.

– Che stai facendo?

– Nulla, – rispose lui. – Ti guardo.

– Devo essere proprio bella... Con questi capellacci... La mattina sí che sembro una strega.

– Non parlare male dei tuoi capelli: è un quarto d'ora che li sto guardando.

– Oh, povera me, – fece lei, e rise. – Ma tu da quanto sei alzato?

– È un pezzo. Mi son già fatto la barba –. Si chinò su di lei: – Senti che guancia liscia.

– Però buchi sempre. Su, fai alzare anche me.

– Resta un altro po' a letto. Tu fai presto a farti toeletta... Non ho mai visto nessuna donna che si sbrighi quanto te.

– Perché la mattina nemmeno mi do la cipria. Tanto, sarebbe tempo sprecato... Le rughe mi si vedrebbero lo stesso.

– Di che rughe parli?

– Di quelle che ho, purtroppo.

– Invece, hai una bella carnagione fresca... È difficile vedere una carnagione come la tua. Sul serio, le donne magari quando sono truccate fanno figura; ma valle a vedere la mattina, appena si svegliano... Mentre tu sei fresca come una rosa.

– Sei bravo a fare i complimenti.

– Non sono complimenti; lo dico perché lo penso... Mi domando se i giovanotti sono diventati ciechi.

– Perché dici cosí?

– Perché se io fossi un giovanotto... ti sposerei.

– Non scherzare, ti prego.

– Mica scherzo –. La abbracciò. Sarebbe stato bello poterla sposare. E cancellare cosí quell'umiliazione che si leggeva nei suoi occhi, sempre, in ogni momento.

Sospirò. Sarebbe stato bello, ma non era possibile. E quando la lasciò, rivide il viso di sempre, il viso di una creatura umiliata senza rimedio.

Giovanna si alzò, fece per sfilarsi la camicia da notte; si fermò, gli diede un'occhiata timida. Lui guardò da un'altra parte, e poi finse d'essere occupato a cercare le sigarette. Perché capiva che a guardarla avrebbe aumentato la sua umiliazione.

Sollevò gli occhi solo quando la sentí uscire dalla stanza. Era stato uno stupido a dirle in quel modo. Ma non era riuscito a frenarsi.

Giovanna tornò dopo pochi minuti. S'era fatta una toeletta anche piú sommaria del solito. I capelli, a fatica se l'era ravviati; e non s'era data rossetto.

Lui si affibbiò il cinturone; lei prese la borsa, poi si guardò intorno per vedere se aveva dimenticato nulla. Gli fece un cenno del capo come per dire: Andiamo?

Per strada, lui avrebbe voluto dirle qualcosa, ma lo imbarazzava il ricordo di quelle parole pronunciate sconsideratamente. Non osò nemmeno prenderla a braccetto.

La sera, partirono insieme.

Cenarono nel caffè della stazione con un cappuccino e una brioscia; e avrebbero potuto trattenersi un altro po', mancava sempre piú di mezz'ora alla partenza del treno: ma in mezzo alla gente, Mansani si sentiva a disagio.

Prese sottobraccio Giovanna e la condusse via. Passando davanti alla sala d'aspetto, vide che non c'era nessuno: ma era cosí poco accogliente quello stanzone nudo e male illuminato.

Il marciapiede era deserto. Arrivarono in fondo e rimasero a guardare in quell'oscurità rotta dalle luci fioche dei lampioni e punteggiata dai lumi rossi e verdi delle installazioni ferroviarie. Si udiva distintamente il picchierellare dell'acqua sul tetto della pensilina e sopra i vagoni; e si vedevano le strisce oblique della pioggia attraversare le zone illuminate: sembrava quasi che fossero i lampioni a emetterle.

Non avevano voglia di parlare: forse perché li aspettava una separazione di tre giorni. Dall'oscurità emerse una figura nera: un ferroviere che dondolava la lanterna e aveva il capo nascosto da un cappuccio e le spalle coperte da una mantellina lucida di pioggia. Salito sul marciapiede, picchiò con forza i piedi in terra, scosse la mantellina e senza guardarli brontolò qualcosa a proposito del maltempo.

– Che brutto mestiere, – disse lei accennando all'uomo che si allontanava. – Dover lavorare all'aperto, con qualunque tempo... E poi di notte le stazioni mi mettono tristezza. È tanto che viaggio, ma non m'è riuscito farci l'abitudine. A te non dà tristezza viaggiare di notte?

– Mah, – fece lui, – dipende. Stasera magari sí, perché ti devo lasciare –. Ma non era vero che fosse triste. In fondo, andava volentieri a casa.

– Davvero devi tornare domani sera?

– Per forza, – rispose Mansani. – Lunedí mattina devo essere in caserma alle sette, sicché domani in serata bisogna che rientri –. Poi gli sfuggí detto che sarebbe potuto partire col treno prima: quel giorno li avevano lasciati liberi alle quattro.

– Perché non sei partito?

– Perché volevo fare il viaggio con te, – e la strinse. Lei si sottrasse:

– Ecco, vedi, questo mi dispiace. Non devi trascurare la famiglia per causa mia –. E, dopo un momento: – È stupido che dica cosí... quando non mi son fatta scrupolo di diventare la tua amante.

– Via, Giovanna, non ricominciare con questi discorsi.

– Infatti, sono inutili. Dovrei trovare la forza di troncare... Dovrei far cosí, se avessi un po' di coscienza.

– Te l'ho detto tante volte che se c'è un colpevole, sono io. E che tu non hai proprio nulla da rimproverarti...

Lei scosse il capo:

– Invece sono piú colpevole io. Ma sí, Mario, la colpa maggiore è sempre della donna. Una che si mette con un uomo sposato, non ha scuse.

– Ah, ma stasera sei proprio insopportabile! Sta' un po' zitta. Pensa ai fatti tuoi, piuttosto. Non hai nemmeno l'impermeabile... ora chissà come t'infradici per tornare a casa. Vuoi che ti presti il mio? Ma sí, te lo metti sulla testa, un po' ti ripara.

– No, grazie, Mario, non mi fa niente anche se prendo un'acquata. Arrivata a casa, mi spoglio e vado a letto...

Per un po' rimasero in silenzio. L'acqua ribolliva sulle traversine fradice; i binari parevano sudati.

– Dormi sola? – domandò Mansani.

– No, con mia sorella.

– L'avete fatta la pace? Mi dicesti che non vi parlavate nemmeno.

– Ora invece mi tocca consolarla: sta sempre a piangere, quella sciocca. Povera Gina, – aggiunse dopo un momento. – Mi pare che con quel fidanzato si faccia delle grandi illusioni.

– E i tuoi cosa dicono?

– Oh, i miei... Mio padre, lo conosci, è un egoista, pensa solo per sé. Gli basta avere da fumare, è bell'e contento. Per l'appunto Alvaro, il fidanzato di mia sorella, è sempre pieno di sigarette di contrabbando... Oh, ecco il treno.

C'era poca gente ad aspettarlo. A ogni buon conto Mansani si guardò intorno prima di montare sulla carrozza di terza. Anche il treno, per fortuna, era mezzo vuoto. Si cacciarono nel primo scompartimento libero. Il treno si mosse, traballò su uno scambio, su un altro, e si mise a correre spedito. Passarono alcuni casamenti illuminati, una strada con un solo lampione acceso, poi non videro piú nulla.

– A che stai pensando? – chiese Mansani.

– A niente. Pensavo a Gina –. Lo guardò: – A te posso anche dirlo... il mese scorso mia sorella ha avuto un incidente. Che vuoi, nessuno li sorveglia, mio padre a casa non ci sta mai... Toccherebbe a mia madre; ma quella... Per fortuna è finita bene. Perché Alvaro s'era affrettato a lavarsene le mani. Lei andò perfino a Orbetello, e lui non si fece trovare... Vedi se ho ragione io a dire che non ha intenzione di sposarla.

– Dovreste costringerla a rompere il fidanzamento.

– Che vuoi, a me non dà retta. E mio padre, te l'ho già detto che tipo è. Mia madre poi... credo che le faccia piacere, di vederci finir male.

– Ma Giovanna, che dici.

– Eppure è cosí. Credi che s'interessi di me? Giusto perché porto i soldi a casa. Ma se domani me ne andassi e non mi facessi piú viva... Mio padre, magari, un po' di dispiacere lo proverebbe; ma lei...

Mansani si sentí smuovere qualcosa dentro. Le prese una mano, gliela accarezzò:

– Sei stata sfortunata, povera Giovanna.

– Che vuoi farci? È la vita. Una, mica si può scegliere la sorte...

Il rumore del treno diventò assordante: erano entrati nella galleria. Sul vetro del finestrino le gocce erano ferme; ma una scossa le rimise in movimento. Mansani ne stava seguendo una; si chiedeva se ce l'avrebbe fatta a rimanere aggrappata al vetro: quando si sentí domandare:

– Come si chiama tua moglie? Oh, ma se non me lo vuoi dire... Scusa anzi se te l'ho domandato.

– Perché non te lo dovrei dire? Si chiama Gabriella. E il bambino, Pietro: gli ho messo il nome di mio padre –. Si mise a parlare della sua famiglia. La mamma era morta di spagnola: lui aveva tredici anni, e il fratello, dieci. Lui e Luigi erano molto diversi: – Non sembriamo nemmeno fratelli –. Quanto alla cognata, era una tale arpia...

Giovanna si mise a ridere:

– Sei buffo, tu, quando parli delle persone. E con quell'altra cognata... con la sorella di tua moglie; ci vai d'accordo?

– Sí, con lei sí. Vado d'accordo anche con mia suocera, figurati un po'.

Il treno s'era fermato a Solvay. Si udí uno scalpiccio e delle voci allegre. Una dozzina di operai sfilarono nel corridoio; qualcuno, diede un'occhiata dentro. Uno si fermò anche, come se volesse entrare; ci ripensò e proseguí.

– E vai d'accordo anche con tua moglie, vero? – Mansani la guardò sorpreso. – Io non la conosco, – continuò Giovanna, – ma sono sicura che sei felice con lei. E per questo non mi posso perdonare di essermi messa in mezzo... di aver turbato, anche per poco, la pace della tua famiglia. Sono senza scuse, te lo dicevo prima... e anche tu ne hai poche, di scuse. No, Mario, non protestare, lo sai anche da te che quello che dico è vero. Perciò, ascoltami: in questi tre giorni che staremo separati, rifletti bene. E... non mi venire piú a ricercare. Livorno è grande, non ci capiterà mai d'incontrarci. Non c'è bisogno di dirci addio. Ora io scendo, ci salutiamo come se ci dovessimo rivedere di qui a tre giorni... e invece, non ci rivediamo piú. No, non dire niente. Aspetta di essere arrivato a casa, di aver rivisto tua moglie, il tuo bambino... E allora, ti persuaderai che ho ragione. Tu vuoi bene a tua moglie, perché dunque vuoi farle del male? Capirei se avessi per moglie un'arpia, – aggiunse con un sorriso. – Ma tua moglie è buona, è brava, è bella, ha tutte le qualità: perché vuoi continuare a tradirla? Sei un uomo, ormai, hai quasi trent'anni; non sei piú uno scavezzacollo. E anch'io... non sono piú una ragazzaccia. Lo capisci, vero, che è un male anche per me questa relazione?

Preso alla sprovvista, Mansani non seppe cosa dire. Fissava l'impiantito sporco e pesticciato, come per trovarci l'ispirazione. Il treno stava già rallentando. Una luce violenta attraversò lo scompartimento.

– Sono arrivata, – disse Giovanna alzandosi. – Ciao –. E gli sfiorò i capelli con un bacio.

Lui si alzò che era già andata via. Rimase qualche momento incerto, poi si rimise seduto. Si alzò di nuovo, uscí nel corridoio. La pioggia picchiava sul vetro, non si vedeva quasi niente. Alla fine riuscí a distinguere la figura di lei ferma sotto la pensilina. Le strisce d'acqua, colando lungo il vetro, la deformavano di

continuo. Il treno ripartí, le fece un cenno di saluto:
lei rimase immobile. Ma forse non aveva visto.

Poi Mansani si ricordò che poteva passare il controllo militare, e si affrettò a lasciare lo scompartimento.
Dovette camminare un pezzo per i corridoi, prima di
arrivare a una carrozza di seconda. Qui finalmente poté riordinare i suoi pensieri. Giovanna l'aveva colto
di sorpresa, e lui non era stato in grado di replicare;
ma non era il caso di preoccuparsi. « Alle donne piace
fare la commedia. Ogni momento inventano che vogliono lasciarti... ma poi sono felicissime di continuare ».

Nessuna donna l'aveva mai lasciato: era sempre
stato lui a lasciarle. E cosí sarebbe accaduto anche con
Giovanna.

VII

Aveva una faccia seria, ma non si dimostrò sorpresa di vederlo; e nemmeno gli disse nulla. Come le altre sere, si avviarono per la strada affollata. Ma quando furono in piazza, lui la fermò:

– Vieni, si va di qua.

– Dove?

– In quella latteria.

– No, io devo andare a casa.

– Perché?

– Perché non ho avvertito.

– Eppure lo sapevi che sarei venuto a prenderti.

– Io veramente sapevo... che non saresti venuto piú.

Mansani rimase zitto. Non era preparato alla resistenza di lei. Al contrario, era persuaso che non avrebbe dovuto far altro che aspettarla all'uscita, prenderla sottobraccio e portarla in camera.

– Andiamo, non fare storie, Giovanna.

– T'ho detto che non posso. Lasciami, sono stanca... non mi sento nemmeno bene.

Che fosse stanca, si vedeva: stava curva, come se non ce la facesse a tenersi in piedi. Era anche brutta, coi capelli in disordine, gli occhi cerchiati, il rossetto screpolato sulle labbra; e vestita male, con un golf scolorito, una gonna che la ingrossava, un paio di scarpe scalcagnate. – Be', allora andiamo, ti accompagno, – le disse brusco.

– No, non mi va di farla a piedi. Ecco, c'è il tram. Ciao.

Lui dopo un momento di esitazione la seguí. Rimasero in piedi sulla piattaforma. Al principio del viale salí altra gente, e si trovarono divisi. Giovanna, che era avanti, fece il biglietto per sé. Quando scesero, Mansani voleva ridarle i soldi.

– No, lascia stare.

Lui insisté:

– Perché hai pagato? Avrei fatto io, – e le ficcò con malgarbo i soldi nel taschino del golf.

Erano entrati nell'atrio della stazione. Lei tentò ancora una volta di salutarlo; ma invano.

Al caffè non voleva prender nulla. Disse che aveva mal di stomaco.

– Almeno un cappuccino lo puoi prendere. O un amaro. Un amaro, ti rimette a posto lo stomaco.

Giovanna acconsentí a prendere un amaro. C'era parecchia gente al banco, e non li servivano mai. Mansani si spazientí:

– Insomma cameriere è un'ora che ho ordinato.

Quello rispose sgarbatamente, e Mansani diventò rosso per la collera. Ma si contenne.

– Vieni, andiamocene di qua, – disse appena ebbero bevuto. Aveva l'intenzione di condurla sotto la pensilina; ma Giovanna volle mettersi seduta nella sala d'aspetto.

Le offrí da fumare; rifiutò. – Si può sapere perché fai tante storie?

– Mario, te l'ho già detto l'altra volta che non mi va di continuare.

– Invece a me sí. E tu devi fare quello che voglio io.

– Perché ti arrabbi? Cerca di ragionare, piuttosto.

– Sei tu che non ragioni. Che ragione c'è che non ci si debba piú vedere? Tu l'altra sera dicevi di mia moglie. E invece l'ho trovata tranquilla e soddisfatta... Vedi che hai torto a preoccuparti.

– È tranquilla perché non sa niente.

– Perché dovrebbe venire a saper qualcosa? Ma poi tu non conosci mia moglie. È una... che sta benissimo anche senza di me. Credi forse che mi aspettasse, che non vedesse l'ora che arrivassi? Ma sí, l'ho trovata che dormiva beata. Tanto poco mi aspettava che aveva portato il bambino a letto con sé. Io naturalmente sono stato contento cosí, perché non avevo nessuna voglia...

– Mario, che c'entra, questo.

– Come, che c'entra? Una moglie deve contentare il marito... anche a letto. E invece io, giusto i primi mesi ci ho provato un po' di soddisfazione.

– Perché mi dici queste cose? Non le voglio sapere.

– Invece le devi sapere. Appena si accorse che era rimasta incinta... non voleva piú. Aveva paura per il bambino. Quando anche i medici ti dicono che fino a sei mesi non c'è nessun pericolo. E dopo che è nato il bambino... perché ha avuto un parto brutto, c'è stato bisogno anche di un intervento... dice che le faccio male.

– Smetti, Mario. Non è bello che tu racconti queste cose... E poi, non credo nemmeno che siano vere. Sicuramente esageri. Lo dici tanto per avere una giustificazione...

– Sono vere, Giovanna! Te lo posso giurare, che sono vere...

Lei si alzò:

– Devo andare, c'è il treno.

– E va bene, vai. Ma domani sera resti con me, vero?

Arrivarono sul marciapiede che la gente stava già montando. Giovanna si voltò:

– No, domani sera non ci rimango... – La voce le tremava un po'. – Non voglio ricominciare. Addio –. Prima che lui avesse pensato a trattenerla, era già salita.

Bruscamente, decise di salire anche lui. Giovanna era sola nello scompartimento. Vedendolo, fece una faccia spaventata:

– Sei ammattito? Il treno sta per partire...

Mansani non rispose. Buttò il berretto sul sedile e si sfilò il cinturone.

– Mario, non fare il matto. Mario, scendi. Mario...

Mansani le sedette accanto e accese una sigaretta.

– E va bene, fai come ti pare, – rispose lei con un'alzata di spalle. E si mise a guardare fuori del finestrino.

Il treno s'era appena mosso, che passò il controllore.

– Mi faccia un biglietto di seconda per Cecina, – disse Mansani.

– Qui è terza, signor tenente.

– Sí, lo so... Ora dopo cambio classe.

Il controllore gli fece il biglietto, e mentre gli dava il resto si chinò a dirgli che sul treno c'era il controllo militare.

– Grazie, – rispose Mansani arrossendo.

– Cos'è questa storia? – gli domandò Giovanna appena il controllore fu uscito.

– Niente. È che per viaggiare dovrei avere il permesso del comando di presidio. Ma di qui a Cecina è difficile che passi il controllo. E poi, m'importa assai.

– Vorrei proprio sapere perché hai fatto questa stupidaggine.

– Tu non te ne occupare. E ora, ascoltami bene. L'altra sera hai parlato sempre tu, ora lascia che parli io. Ti dicevo di mia moglie...

– E io ti dico che non ne voglio sentir parlare.

Furono interrotti da un uomo anziano che si affacciò alla porta dello scompartimento; ma dovette capire che avrebbe disturbato, perché finí col richiudere e passare oltre.

– Tu ti sei messa in testa di aver disturbato la pace della mia famiglia. Invece, non è niente vero: mia moglie sta benissimo anche senza di me. In questi mesi che ho fatto avanti e indietro, s'è abituata ad avermi lontano. E poi, mica è sola, ha la compagnia della madre, della sorella. Sono tutte e tre perse dietro il bambino. Che io ci sia o non ci sia, nemmeno se ne accorgono. L'altro giorno, a casa, avevo l'impressione di essere di troppo...

– Mario, è inutile che fai questi discorsi: non torno mica indietro nella decisione che ho preso –. Per fargli vedere che non voleva piú ascoltarlo, si rimise a guardar fuori.

Mansani, interdetto, finí col fare lo stesso. Era una notte limpida. Si distinguevano i campi, gli alberi, le case, le strade; anche il profilo delle colline all'orizzonte. Il treno stava curvando: un riflesso della luce che c'era fuori si posò sul viso di Giovanna. Mario la guardò: aveva l'aria serena, sembrava quasi che sorridesse. Lui, al contrario, si sentiva sempre piú irritato. Disse:

– Se mi son messo a parlare di mia moglie, è perché ne avevi parlato tu. Perché tu l'avevi presa a pretesto per rompere con me. Tutte scuse, – aggiunse irato. – Che avevo moglie, lo sapevi fin da principio. Perché gli scrupoli ti vengono solo ora? Ti sarebbero dovuti venir subito. Ma parla una buona volta. Rispondi.

– Dianzi mi hai detto che non dovevo parlare: che dovevo starti a sentire, e basta.

– Ma ora ti ho fatto una domanda: rispondi.

– T'ho già risposto prima: le cose non mi va di ripeterle –. Lui voleva obiettar qualcosa, ma un accesso di tosse glielo impedí. – E smetti di fumare: hai un catarro, che sembri un vecchio.

Mansani non sapeva come ricominciare. Non ricordava nemmeno quello che avrebbe voluto dire. Aveva una tale confusione in testa... Ecco, bisognava che le dicesse: «Che ero sposato lo sapevi. Ci dev'essere dunque un'altra ragione se non vuoi piú saperne di me. Dimmi qual è questa ragione». Ma il treno s'infilò nella galleria e il rimbombo finí di stordirlo.

– Che ore sono?

La guardò sorpreso:

– Perché me lo domandi?

– Per sapere quanto c'è.

– Hai tanta fretta di arrivare?

– Certo che ho fretta. Sono stanca, e non vedo l'ora di essere a casa.

Lui sentí un improvviso avvilimento. – Perché mi tratti cosí? Cosa ti ho fatto?

– Niente, mi hai fatto –. La sua voce si raddolcí. –
Solo che... non è possibile continuare. Lo capisci an-
che tu che non è possibile. E allora, sii ragionevole.
Non rendere difficili le cose...

Lui tentò di abbracciarla; lei glielo impedí:

– Che fai? Siamo in treno, ci possono vedere.

– Giovanna, io... – Ebbe ragione della sua resistenza; e cominciò a baciarla, sul collo, sui capelli, come
capitava.

– Sei impazzito? Potrebbe passare qualcuno...
Smettila. Ascolta, devo dirti una cosa. Dianzi mi hai
fatto una domanda, non vuoi piú che ti risponda? –
Mansani si tirò indietro; e lei poté finire il discorso:
– Tua moglie è una scusa, hai ragione tu. È a me che
penso quando ti dico che non voglio piú continuare.

– Non capisco.

– Mario, anch'io ho il diritto di pensare al mio avvenire.

– E che c'entra... con noi?

– Mario, te l'ho detto l'altra volta: io... m'ero risol-
levata, non ero piú una ragazzaccia. M'ero rifatta una
vita... non una vita felice come la tua, ma una vita tranquilla. E ora, sono caduta di nuovo. Peggio di prima,
anzi.

– Io... – cominciò Mansani, ma lei non lo lasciò
continuare: – No, Mario, non ti sto accusando. Prima di tutto, perché la colpa è mia. Avrei dovuto dirti
di no subito la prima volta, quando mi venisti a prendere al treno. Tu, che ne sapevi di me? Credevi che
fossi la stessa di un tempo... E allora, perché avresti
dovuto farti degli scrupoli? Ma ora che siamo stati insieme, ora che mi hai conosciuto... ora che ti sei reso
conto che non sono piú quella di un tempo, che meri-

to anch'io un po' di rispetto... È vero, Mario, che ora hai un po' di rispetto per me? – Non gli diede il tempo di rispondere: – E allora, perché vuoi farmi del male? Lo capisci che cosí vado alla rovina? Avere una relazione con un uomo sposato, è proprio scendere l'ultimo gradino... Dopo, non c'è che la vita della donnaccia. Tu non mi vuoi veder finire cosí, vero, Mario? Perché un po' di bene me lo vuoi... E allora, ti prego, lasciami in pace...

Era lui, ora, che guardava fuori del finestrino la macchia bassa nitidamente illuminata; poi campi e orti che sembravano bagnati, poi una fila di case, con le ombre nere gettate di sbieco. Erano a Solvay.

Il treno s'era appena fermato che nel corridoio si sentí un rumore di passi; e la porta dello scompartimento fu aperta con decisione da un giovane che si voltò verso i compagni dicendo: – Venite, qui c'è posto –. Ora, anche se avesse voluto, non avrebbe potuto piú dirle nulla.

Una volta scesi, volle fare un ultimo tentativo: le propose di andare a prendere qualcosa al caffè della stazione.

– Sí, cosí ci vedono insieme, – ribatté Giovanna. – E poi è tardi, sono stanca, mi fanno male le spalle.

– Ma non abbiamo finito il discorso.

Giovanna lo guardò:

– Senti, Mario: il mio pensiero, te l'ho detto. Tu fai quello che ti pare. Ma se davvero mi vuoi un po' di bene, non venire piú a ricercarmi.

Il treno s'era rimesso in movimento. Quando fu passata l'ultima carrozza, Giovanna attraversò i binari e s'incamminò verso l'uscita. Mansani la seguí con gli occhi finché scomparve.

E adesso? Il treno per tornare a Livorno ce l'aveva quasi a mezzanotte. Che avrebbe fatto in quelle due ore?

Cominciò con l'uscire dalla stazione. Sul piazzale, si fermò a riflettere. Poteva andare al cinema: magari non ce l'avrebbe fatta a vedere tutto il film, ma era sempre una maniera di passare il tempo. O poteva andare dal fratello.

Prese lungo la ferrovia e poi per la stradetta male illuminata che andava a sboccare nella Via Emilia. Casa sua era all'angolo. La luna illuminava a giorno la parete. Anche l'orto di fianco alla casa era per metà illuminato. Mansani guardò a lungo l'ombra nera del fico, la tettoia lucente, i solchi umidi e brillanti.

Si decise a suonare il campanello. Udí lo scatto della serratura; spinse la porta. Fu accesa la luce per le scale; la voce sgradevole della cognata domandò chi era.

– Sono io, Mario. Luigi c'è? – chiese quando fu in cima.

– Sí. Vieni, – e lo precedette in cucina.

Il fratello era seduto davanti alla tavola sparecchiata. Si alzò e gli diede la mano sorridendo imbarazzato.

– Hai cenato? – gli domandò la cognata.

– Certo che ho cenato, – mentí Mansani.

– Davvero? Non farai mica complimenti. Non mi ci vuol nulla a cuocerti due uova...

– Ho cenato alla Mensa Ufficiali. Lí si cena presto.

Stava per sedersi, quando la cognata lo abbracciò. Non solo lo abbracciò, ma gli stampò due baci sulle guance. Poi abbassò la faccia e si mise a piangere.

– Ma perché? Cosa è successo? – fece Mansani interdetto. Guardò Luigi: ma la faccia inespressiva del fratello non lo aiutò a capire.

La cognata si asciugava con la cocca del grembiule:

– È che... mi ha fatto impressione vederti in divisa. Ora ti manderanno in Africa... e noi resteremo soli, senza un appoggio...

– Ma cosa dici. Non mi hanno mica richiamato per mandarmi in Africa. Tra un mese torno a casa...

Lei lo guardò, scosse la testa come se non credesse alle sue parole; la faccia le si contrasse ancora in una smorfia di pianto. Mansani le prese un braccio e glielo strinse: – Ma che cosa piangi. Tra un mese sono di nuovo qui...

In un impeto di riconoscenza la cognata tornò ad abbracciarlo. A stento Mansani riuscí a liberarsi. Ma non poteva nascondersi di essere commosso. Per la prima volta aveva provato qualcosa nei confronti di quella donna.

La cognata finalmente si asciugò gli occhi e si soffiò il naso. Appallottolò il fazzoletto e lo infilò sotto la manica del golf.

– Ma poi, non ci sarà mica la guerra, – disse Mansani, lieto di avere un argomento di conversazione. – L'Inghilterra e la Francia fanno un po' di commedia, ma sotto sotto si son già messe d'accordo con noi. E gli Abissini, una volta lasciati soli, cosa vuoi che facciano?

Questo era un discorso che aveva sentito in treno, perché lui alla politica non ci stava dietro. Si rivolse al fratello:

– Ne sono partiti molti, da Cecina?

– Partire, non è partito nessuno, – rispose Luigi. – Ma dice che la domanda di volontario l'hanno fatta in trecento... Son venuti anche da me a sentire se la facevo.

— E tu che gli hai risposto? — disse Mansani allarmato.

— Che ho un vizio al cuore, — rispose Luigi, e sorrise.

Era vero che aveva un vizio al cuore: alla visita, lo avevano riformato. Per questo, forse, era cosí apatico. Fin da giovane s'era abituato a passare le giornate al caffè senza far niente. Poi aveva sposato quella donna che non soltanto era brutta, ma aveva sei anni piú di lui. Mansani non ci capiva nulla. Possibile che uno trovasse gusto a vivere in quel modo? Eppure Luigi pareva pienamente soddisfatto del suo stato. Temeva solo che succedesse qualcosa, che l'obbligasse a cambiar vita.

La cognata aveva finito di rigovernare. Si levò il grembiule e venne a sedersi anche lei al tavolo. Cominciò con le domande: come stavano a casa, come s'era sistemato a Livorno, dove mangiava, quanto spendeva. Mansani si seccava a dover rispondere, e alle dieci e mezzo, con la scusa di voler ricercare un amico, se ne andò.

Gli era venuta davvero l'idea di fare una capatina al caffè, dov'era sicuro di trovare qualcuno dei vecchi amici. Il pensiero di imbattersi in Franco Mazzoni, bastò a fargli cambiare idea.

Aveva anche fame, ma ormai era tardi per andare in trattoria. Si contentò di una tazza di latte e di una brioscia stantia al caffè della stazione. Dopo, accese una sigaretta; ma il fumo gl'irritava la gola, e dovette smettere.

Arrivò il treno di Collesalvetti. Era composto di

due sole carrozze. Si vuotarono completamente, perché era il termine di corsa. Mansani guardò la gente
scendere. Gli era sempre piaciuto, assistere alle par-
tenze e agli arrivi. Gli mettevano addosso una piacevole eccitazione. Lui stesso era contento, sia di partire
che di arrivare. In quei mesi che aveva dovuto viaggiare tutti i giorni, s'era lamentato che era una vita
scomoda; ma in fondo la faceva volentieri.

Mancava sempre mezz'ora all'arrivo del suo treno.
Ingannò il tempo dedicandosi a una delle sue occupa-
zioni preferite, quella di confrontarsi con gli altri per
ricavarne motivo di soddisfazione. I confronti si con-
cludevano immancabilmente in modo lusinghiero per
lui. Poteva anche invidiare i soldi di uno o l'indipen-
denza di un altro: ma fatto un bilancio complessivo
non si sarebbe cambiato con nessuno.

Confrontarsi col fratello, non era nemmeno il caso.
Luigi era un bel giovane e andava sempre ben vestito:
ma che se ne faceva della bellezza e dell'eleganza se
non era mai stato intraprendente con le donne? Mansani non ricordava di averlo mai visto con una ragazza. Ogni tanto prendeva il treno e andava a Livorno.
Ora non aveva nemmeno piú bisogno di quello, dal
momento che una donna ce l'aveva, anche se vecchia
e brutta.

Passò rapidamente in rivista gli amici sposati. Ri-
manevano gli scapoli, Franco e Marcello. Mansani li
invidiava un po': specialmente Franco. Marcello piú
che altro era un vanesio: gli piaceva farsi vedere insieme con una ragazza, anche se poi non ci combinava
nulla.

Franco era tutt'altro tipo. Non si poteva negare che
avesse successo con le donne. Anche Giovanna, era

stato lui il primo ad averla... Si sentí rimescolare tutto. Ma perché Franco aveva successo? Perché non aveva scrupoli. A ingannare una ragazza, a rovinarla, non ci rimetteva nulla. Franco era un mascalzone, ecco quello che era. Era un vigliacco: lo dimostrava il modo come s'era comportato con Giovanna. Prima s'era approfittato di lei, poi era andato a vantarsene per tutto il paese; e in ultimo aveva commesso la bassezza di scrivere una lettera anonima...

Invece, c'era poco da vantarsi. Giovanna era una povera ragazza abbandonata a se stessa. «Le altre hanno la famiglia che le guarda, ma lei, chi la guardava? E cosí, per un mascalzone come Franco, è stato facile approfittarsene. Va bene, lei non è andata solo con Franco... è venuta anche con me... ma la gente, prima di tirarle la croce addosso, avrebbe dovuto pensare anche ad altre cose. Avrebbe dovuto pensare all'esempio che aveva avuto in casa, con quella madre, con quel padre... Avrebbe dovuto pensare che a quell'età, se una ragazza non ha la sorveglianza della famiglia, i giovanotti fanno presto ad approfittarsene...»

Il campanellino cominciò a suonare per annunciare l'arrivo del treno. Mansani cercò di tirare le somme della sua meditazione. Tutto considerato, poteva dirsi soddisfatto della vita che aveva condotto. Era contento di essersi sposato, perché non si può continuare sempre a far la vita del giovanotto. Era contento di lavorare, perché uno che ha un po' d'amor proprio non può campare senza far nulla. Finalmente, era contento di essersi divertito un bel po' quando era giovane; e senza aver niente da rimproverarsi perché, dopo tutto, cattive azioni non ne aveva commesse.

Ma nei confronti di Giovanna, era proprio sicuro

di non essersi comportato male? Cinque anni prima, l'aveva portata in pineta anche lui. Ricordava la resistenza della ragazza: le era dovuto star dietro tutta l'estate, per poter riuscire nel suo intento... E ora, ne aveva fatto la sua amante. E cosí, finiva di rovinarla. Perché, glielo aveva detto anche lei, diventare l'amante di un uomo sposato era proprio scendere l'ultimo gradino...

Decise che per il suo bene l'avrebbe lasciata.

VIII.

L'indomani aveva già cambiato idea. Solo che nel tardo pomeriggio, quando tornò in camera, si sentiva spossato. Alla fine si rese conto di aver la febbre. Non gli rimase che mettersi a letto.

Passò una notte agitata; e la mattina mandò la signora ad avvisare in caserma che era malato.

Verso mezzogiorno passò il tenente medico. Disse che era un'angina e lo mise a riposo per cinque giorni. Mansani sonnecchiò tutto il pomeriggio. Si irritava delle premure della signora, che ogni poco gli veniva in camera: stava bene solo, e al buio. Sonnecchiava, e ripensava al passato.

Ricordava la costruzione del villino a Marina, subito dopo la guerra. Il padre era sempre lí a discutere col capomastro. Il capomastro aveva la camicia e i calzoni sporchi di calce e il viso e gli avambracci sbiancati dalla semola. Non per nulla era soprannominato «Bianchino».

Lúperi invece era un uomo alto, scuro di pelle e con la barba sempre lunga. In paese era chiamato «il moro». Il padre diceva che avrebbe preferito aver a che fare col diavolo anziché con lui. Anche Renato aveva una cattiva fama, ma ne parlavano tutti con indulgenza perché sapeva rendersi simpatico.

Renato teneva la barca vicino al molo. Loro ragazzi gli si affollavano intorno per vedere quello che aveva pescato: lui li scacciava con male parole. Si divertiva anche a spaventarli.

Una sera avevano acceso il fuoco con degli sterpi trovati sulla spiaggia. Poi s'erano messi a girarci intorno, lanciando grida e ululati. Nelle loro intenzioni doveva essere « la danza degl'indiani ». A un tratto lui s'era accorto di una bambina che li guardava coi grandi occhi stupiti. Forse era la prima volta che faceva caso a Giovanna.

La ricordava sulla bicicletta del padre, con la corba del pesce legata dietro. Stava giú dal sellino, altrimenti non ce l'avrebbe fatta a spingere i pedali. Ed eccola diventata una ragazza. Magari non aveva piú di quindici anni, ma attirava già l'attenzione dei giovanotti. Era sempre bruna, a quel tempo.

Dormí tutta la notte; la mattina, era sfebbrato. – A me fa sempre cosí, un giorno o due di febbre, e m'è bell'e passato tutto, – disse alla signora. S'era tirato su, e guardava la donna che spolverava. Ora che era guarito, gli faceva piacere averla intorno.

– È stata una febbre di strapazzo, – sentenziò la signora. – Lei signor tenente si strapazza troppo...

– Dove, mi strapazzo? È che ho fatto una sudata, e poi ho preso fresco.

– Si strapazza, sí, – ripeté la donna. Scosse il cencio fuor di finestra: – La signorina lo sa che lei è malato?

– Di quale signorina parla?

– Andiamo, signor tenente; sono vecchia, ma gli occhi per vedere, li ho ancora.

– Spero che non sia andato a raccontarlo.

– A chi vuole che lo racconti, signor tenente; io sono una povera donna sola. Non vedo mai nessuno, non parlo mai con nessuno... Giusto con mio nipote; ma è un ragazzo, mica ci posso parlare di queste cose. Sa, signor tenente, mi fa proprio piacere che lei sia qui. Almeno ho un po' di compagnia... Davvero, non deve far complimenti: se qualche sera vuol rimanere a cena da me... insieme con la signorina, s'intende.

– Insomma, non le par vero di farci da ruffiana, – la canzonò Mansani.

– Ma che brutte parole dice, signor tenente. È che mi piace avere intorno la gioventú... – Lo minacciò col dito: – Lei però è un birbaccione, signor tenente. Finché era giovanotto, certe cose le poteva anche fare... Ma ora che è sposato, dovrebbe mettere la testa a partito.

– Ma io mi sento ancora un giovanotto. E poi, è tre anni che sono sposato... Sempre la stessa minestra, finisce che viene a noia.

– Senti che modo di parlare. Lei è un birbaccione, proprio. Quante donne ci avrà portato in questa camera? E io, povera vecchia, dovevo far finta di niente... Questa però è proprio una signorina ammodo, – si affrettò a soggiungere. – L'ho vista un momento appena, ma ho capito subito che era una signorina ammodo.

– Quando, l'ha vista?

– L'altra mattina. Oh, mica l'ho fatto apposta. Non deve credere che io stia a spiare... È qui di Livorno?

– No.

– Però sta a Livorno.

– Sí e no –. Si divertiva a stuzzicare la curiosità della donna.

– Insomma, non me lo vuol dire. Eppure lo sa che non sono una chiacchierona...

– Tanto quella signorina non verrà piú, – disse Mansani.

– Perché?

– Perché abbiamo litigato.

– Oh, mi dispiace, – fece la donna. – E... come mai avete litigato?

– Ma lei, signora, ha proprio l'intenzione di passare la mattinata in chiacchiere? Mi vada a comprare il giornale, piuttosto. E le sigarette.

– Il giornale glielo compro, ma le sigarette no. Ha sentito che ha detto il dottore?

Mansani stava mangiando quando sentí suonare. La donna andò ad aprire.

Tornò dopo cinque minuti, con un viso raggiante:

– Lo sa, signor tenente, chi era? Quella signorina. Ma non è voluta passare. Ha detto che non aveva tempo. Ma stasera torna a sentire come sta.

Infatti, poco dopo le sette e mezzo, arrivò Giovanna.

– Sono venuta a farti una visitina. Come stai? Ti senti meglio?

– Mi sento benissimo. Un po' debole, magari. Ma te, chi te l'ha detto che ero malato?

– Me lo sono immaginato. L'altra sera avevi la tosse... Poi non t'eri piú fatto vedere...

– Eri stata tu a dirmelo, di non farmi piú vedere.

– Io te l'avevo detto, certo... Ma pensavo che avresti fatto a modo tuo.

Mansani la fissò:

– Di' la verità: ci sei rimasta male quando non mi hai visto.

– Be'... non capivo cosa t'era successo.

Mansani sorrise soddisfatto:

– È inutile, voi donne non bisogna mai accontentarvi. Se ci dite di fare una cosa, è perché desiderate che si faccia tutto il contrario. Tu volevi mettermi alla prova: non è cosí? Volevi vedere se l'avrei fatto davvero, di non venire piú a ricercarti... E pensare che per un momento t'avevo preso in parola. Sul serio, l'altra sera, mentre aspettavo il treno per tornare a Livorno, avevo deciso di non vederti piú.

– Infatti, sarebbe meglio, – disse Giovanna. Ma subito dopo lo rimproverò di non averla avvertita, che era a letto malato. – E sí che ti sarebbe stato facile: il Diurno è qui a due passi. O potevi farmi telefonare...

– Te l'ho detto, avevo deciso di non farmi piú vivo.

– Che c'entra: tu eri qui solo... Non è che io avrei potuto farti molto, ma insomma...

– Per quello, c'è la padrona che mi cura. Non mi lascia un minuto.

– Ma la padrona è un'estranea.

– E tu no?

– Sciocco, – disse Giovanna, e gli fece una carezza. – Ora però bisogna che me ne vada, rischio di perdere il treno.

– Senti. Domattina, fammi un telegramma. Va bene che domattina potrei farlo anche da me...

– No, tu è meglio che ti riguardi. Scrivimelo, e te lo spedisco io.

Mansani scrisse: *Leggermente indisposto non posso venire*. Cancellò *Leggermente indisposto* e ci mise: *Causa servizio*. – Ecco, cosí va bene, – disse porgendo il foglietto a Giovanna. – Altrimenti mia moglie sta in pensiero.

– Non ci metti nemmeno i saluti?

– Ogni parola in piú costa venti centesimi, – scherzò Mansani.

– Non sapevo che fossi cosí avaro. Avanti, mettici: *Tanti baci*.

– Basta: *Baci*; quanto mi vuoi far spendere? Aspetta, ti do i soldi.

– Non importa, li ho io. Me li rendi domani –. Tornò indietro: – Ma poi di qui a domani ti sentirai meglio... Potresti anche andarci, a casa.

– Preferisco star con te, – disse Mansani.

Cosí, passarono insieme la notte del sabato. Giovanna partí la mattina, promettendo di tornare la sera dopo. Mansani non aveva cercato di trattenerla, nel pomeriggio voleva andare alla partita.

Il lunedí lo passò vagabondando per la città, felice come uno scolaro in vacanza. La mattina girò in cerca di una pietrina per l'accendisigari; e comprò un orologio a Giovanna. L'idea gli era venuta già da qualche giorno.

Nel pomeriggio prese un tram e si recò sul lungomare. Affacciato al parapetto, guardò a lungo l'acqua accostarsi ondeggiando al muraglione, che la risospingeva indietro. Al largo c'era una grande nave, un transatlantico, forse. Il pennacchio di fumo si perdeva nell'aria grigia. Mentre il resto del cielo appariva sereno, c'era uno strato di nuvole basso sul mare: che a tratti nascondeva il sole, o ne velava la luce. Mansani continuò lungo il parapetto e per una scaletta maleodorante scese in una minuscola spiaggia sassosa. Alcuni ragazzi camminavano nell'acqua bassa; un uomo era intento a pescare in cima a una catena di piccoli scogli. Saltando da un sasso all'altro, Mansani lo raggiunse e ci scambiò due parole. Gli pareva che dovesse esserci poco gusto a pescare in quel luogo, esposti alla vista di tutti e col mare che pareva piuttosto una laguna.

Riprese il tram e tornò in centro. Di lí fece a piedi il viale della stazione; ma siccome era presto, piegò a sinistra, entrando in un quartiere di periferia che gli ricordava Cecina.

Si trovò a camminare lungo un muro alto, in cima a cui erano infissi dei paletti di ferro sporgenti in fuori che sostenevano un reticolato. «Che ci sarà mai là dentro, che hanno tanta paura dei ladri». Incuriosito, girò l'angolo e finalmente trovò un cancello. Attraverso le sbarre poté vedere uno spiazzo in cui erano ammucchiati alla rinfusa rottami d'ogni specie. C'era anche un capannone. Aveva tutto un'aria abbandonata.

Ora la strada aveva da una parte una fila di case, e dall'altra, orti e campi. Era il crepuscolo. Mansani aveva rallentato il passo, e alla fine si fermò. Guardava un uomo che faceva qualcosa in un riquadro di carciofi; prestava orecchio a una voce femminile che veniva da dietro. Si sentiva il cuore gonfio di contentezza. Non potendo frenarsi, strappò un ramoscello dalla siepe.

Sarebbe rimasto lí chissà quanto se non si fossero accesi i lampioni a ricordargli che era ormai prossimo l'arrivo del treno. Tornò indietro senza affrettarsi. In una traversa alcuni ragazzi giocavano a palla. Si fermò a guardarli. Non seguiva il gioco, inseguiva un ricordo. Quando la palla rimbalzò contro il muro, gli sembrò di rivedere il vicolo senza sfondo in cui giocava da ragazzo.

Finalmente sbucò nel piazzale della stazione. C'era una fila di tram fermi a semicerchio. I fattorini e i conducenti avevano fatto capannello: Mansani li sentí che parlavano forte e ridevano. Ormai era tardi per entrare in stazione, il treno doveva essere già arrivato, c'era rischio che si perdessero. Si mise vicino all'uscita e aspettò senza impazienza.

Cominciò a uscire gente. Ed ecco lei, con la borsa. Si presero a braccetto e s'incamminarono per il viale.

– Come ti senti?

– Bene, – rispose Mansani.

– Oggi, che hai fatto?

– Niente. Sono andato a spasso –. Si toccò la tasca per sentire il rigonfio dell'orologio che le aveva comprato. Pensò che gliel'avrebbe dato piú tardi, quando fossero stati in camera.

– Tutto il giorno a spasso?

– Sí. Ma Livorno non mi piace proprio. Anche il mare, non sembra nemmeno mare...

– Vorrei sapere cosa ti piace.

– Cecina. Anzi, nemmeno Cecina, Marina.

– Proprio il posto che odio di piú.

– Davvero lo odii?

– Si fa cosí per dire.

Lui cambiò discorso. Si mise a parlarle di quel progetto, di aprire una profumeria a Cecina. – Sul serio, potrei prestarteli io i soldi. Sto pensando giusto al modo di investire i risparmi... Perché di questi tempi non è mica prudente tenerli in banca –. Abbassò la voce: – Se davvero quel capoccione volesse far la guerra...

– Ma io i soldi da te non li accetterei.

– Perché?

Lei scosse il capo. Poi fece:

– Potrei provarmi a mettere qualcosa da parte tutti i mesi. Finora ho dato tutto in casa. Potrei invece tenermi una cinquantina di lire il mese...

Lui cambiò di nuovo discorso. Anche in trattoria, continuò a essere svagato. Parlava di quello che gli passava via via per la mente. Non aveva nemmeno fretta di portarla in camera. – Questo è un posto simpatico, – disse alla fine. – Dobbiamo venire sempre qui a mangiare. Tu c'eri mai stata?

– Ti pare che io vado nei ristoranti di lusso.

– Questo non è un ristorante di lusso. Undici lire in due, mica è caro. E abbiamo mangiato bene. Io per lo meno ho mangiato bene; e tu?

– Io benissimo, grazie. Stasera avevo appetito.

– Sono contento che tu abbia mangiato con appetito –. Si sentiva la testa leggera. – È un posto che mi piace, perché c'è animazione, – e si guardò intorno soddisfatto.

– Il cameriere però m'è antipatico, – disse lei.

– Perché?

– Mah, non so. Perché è troppo gentile. I camerieri, piú sono gentili, e piú mi restano antipatici. Sembra che ti vogliano canzonare. Questo poi mi diceva « signorina » in un certo modo...

– In che modo?

– Cosí. Con l'aria di chi ha capito... Ti dovresti levare l'anello, – gli disse improvvisamente.

Lui rispose che se lo sarebbe anche levato, ma che non gli usciva piú: – M'è ingrossata la giuntura.

– Dovresti provare con un po' di sapone. Mica per nulla, ma la gente se ne accorge. Mentre se fossimo tutt'e due senza anello... ci potrebbero scambiare per fidanzati. Non che m'importi di quello che pensa la gente, – si affrettò a soggiungere. – Mi secca sentirmi gli occhi addosso.

– Proviamo a insaponarlo... può darsi che me lo possa sfilare.

– Ma poi dobbiamo smetterla di andare a cena insieme. Prima di tutto non voglio che tu spenda tanti soldi... Si fa cosí: io ceno per conto mio, e dopo vengo.

Mansani non aveva voglia di discutere:

– Ora non stiamo a pensare a quello che faremo queste altre sere –. Continuava a guardarsi intorno. Erano seduti a un tavolo d'angolo e potevano abbracciare con lo sguardo la vasta sala affollata. Le pareti erano tappezzate di quadri, che rappresentavano paesaggi, marine e vedute della città.

– Qui hanno proprio la mania dei quadri, – osservò Giovanna. – Anche nei saloni dei parrucchieri, le pareti sono piene.

– Già, – fece Mansani. – Oggi andando in giro ne ho trovati due, di pittori. Mi domando come fanno a dipingere con un nugolo di curiosi intorno... Io, quando sono a pesca, non ci voglio nessuno a curiosare.

– Si va?

– Dove?

Giovanna lo guardò:

– Ma cos'hai stasera? Sembra quasi che tu abbia bevuto...

– È la felicità che mi dà alla testa. Davvero, sapessi come mi sento felice... Potessi fermare il tempo, lo farei. Direi: voglio che questa giornata non finisca piú...

– Purtroppo, non possiamo fermare il tempo, – sospirò Giovanna.

IX.

– Andiamo al ristorante.

– No, stasera non ne ho voglia. Sono stanca... e non ho fame. Vacci tu; io ti aspetto in camera.

– Ti pare che ci vado da solo –. Ma gli dispiaceva: perché ci si mangiava bene, ed era un posto simpatico.

Andarono nella solita latteria. Era un locale modesto ma pulito. Il banco era ricoperto da una lastra di marmo, e torno torno alle pareti correva uno zoccolo di mattonelle bianche. I quattro tavolini erano apparecchiati con una tovaglia di tela cerata. Ma l'odore del latte gli levava l'appetito; e lo infastidiva l'andirivieni delle clienti.

Giovanna, invece, ci si trovava piú a suo agio che al ristorante. Lei si contentava di un caffellatte, mentre Mansani si faceva cuocere due uova nel tegamino.

– Domani sera, guarda di avere appetito, – le disse.

– Domani sera, bisogna che vada a casa.

– Ma come? Sono gli ultimi giorni... Se domani vai a casa, poi ci rimane una sola sera da stare insieme.

– Domani bisogna proprio che vada, – ripeté Giovanna.

– Ma perché –. Giovanna non rispose. – Io non ci riesco a mangiare senza vino, – disse irritato. – Che ti costava venire in trattoria. Potevi anche non mangiare. Io non ti capisco: sei simpatica e tutto, ma a volte sei una guastafeste.

Giovanna subiva in silenzio i rimproveri. Proprio questa remissività accresceva l'irritazione di lui.

Erano appena entrati in camera, che fu bussato alla porta di comunicazione. Era la signora: veniva a sentire se avevano bisogno di nulla.

– No, – fece Mansani, e richiuse col paletto. – Uff. Non la posso piú vedere. Se dovessi restarci ancora per parecchio, cambierei camera.

– Ti dà proprio noia tutto, stasera, – osservò Giovanna pacatamente.

– Mi dà noia la gente indiscreta... E sí che gliel'ho anche fatto capire che non ce la voglio tra i piedi.

– Tu vorresti troppe cose.

– Che intendi dire?

– Ti sei messo da te in questa situazione, no? E allora sopporta. Io, lo vedi, faccio finta di niente.

– Non capisco. Spiegati meglio.

– Secca piú a me che a te, no? averla tra i piedi. Ma siccome ho accettato di venir qui, bisogna che la sopporti.

– Io vorrei solo che pensasse ai fatti suoi. Che non venisse a curiosare... Vecchia ruffiana che non è altro.

– Perché la chiami ruffiana? È una povera donna che ha bisogno. Credi che ci provi gusto a far l'affittacamere?

– Mettiti anche a difenderla, ora.

– Io non la difendo; ma trovo ingiusto che tu la chiami in quel modo.

Quando Giovanna parlava cosí, calma, col solito tono di voce, Mansani si sentiva disarmato. – Uff, – disse. – Quante storie per una parola.

– Non si tratta di una parola. È che tu fai troppo presto a giudicare male le persone.

– Senti, Giovanna, io non ho voglia di stare a discutere... Non perdiamo altro tempo, andiamo a letto.

Cominciò a spogliarsi. Giovanna rimase dov'era, appoggiata al cassettone. – Che fai lí impalata? Spogliati. Andiamo, Giovanna, non ti sarai mica offesa... Che c'entri te con quella vecchia.

– C'entro perché anche noi affittiamo le camere, l'estate. E ci adattiamo a dormire in cucina, nel sottoscala... Credi che sia un piacere avere estranei in casa? E ancora ancora se si tratta di una famiglia. Ma quando abbiamo affittato agli ufficiali... Ce n'era uno, un conte, figurati un po'; c'è venuto due anni. Ci veniva con una donna... che non si peritava di girare nuda per casa. Sí, nuda proprio: senza niente addosso. Ecco come sono gli ufficiali, – aggiunse con disprezzo.

– Ma il nostro caso è differente, – cercò di giustificarsi Mansani. – Tu... non sei mica una svergognata.

– Anche per quel ragazzo, non è certo un bello spettacolo, – riprese Giovanna. – Sí, per il nipote della signora... Io me ne sono accorta che ci guarda male... che nemmeno saluta. Facevo cosí anch'io: non ce li potevo vedere in casa mia.

– Eh, mi rendo conto, – disse Mansani conciliante.

Giovanna lo guardò:

– No, tu non te ne puoi rendere conto... Bisogna essersi trovati nel bisogno, per capire queste cose.

Mansani preferí tacere, per non indisporla.

Si svegliò verso mezzanotte; ma sulle prime credette che fosse già mattina. Aveva dimenticato di accostare le imposte, e da fuori veniva un po' di luce. Guardò la forma oscura che gli giaceva accanto; a poco a poco distinse la fronte, il naso, la bocca. Secondo il suo solito, Giovanna dormiva raggomitolata su un fianco.

C'era abbastanza luce per distinguere gli oggetti, ma troppo poca per fumare. Fu sul punto di girare l'interruttore. Giovanna, forse, si sarebbe svegliata... Be', meglio: almeno, si sarebbero messi a parlare. Perché sentiva che non si sarebbe riaddormentato tanto presto. Aveva la bocca amara: quelle due uova buttate giú di malavoglia gli erano rimaste sullo stomaco.

Finí col fumare al buio: benché non gli desse gusto. Si alzò a bere. Tornò a infilarsi sotto le lenzuola: Giovanna non s'era mossa.

Povera Giovanna! Era davvero stanca, la sera. E la mattina, non ce la faceva ad alzarsi. Lui la canzonava, le diceva che era una dormigliona, una pigra. Ma aveva davvero la faccia sbattuta, gli occhi pesti, come se non avesse riposato abbastanza. Era parecchio giú: avrebbe dovuto fare una cura. Già, mangiava troppo poco. S'era abituata a mangiar poco per risparmiare, ormai l'organismo s'era abituato cosí. Ma rischiava sul serio di rovinarsi la salute, continuando in quel modo.

Gliel'aveva detto piú d'una volta, e lei: – Ma se sono grassa –. Forse mangiava poco anche per quello, perché aveva paura d'ingrassare dell'altro.

« Ora poi che le è presa l'idea di mettere qualcosa da parte tutti i mesi, salterà addirittura i pasti. Aprire una profumeria a Cecina... È una parola. Io non l'ho voluta disilludere, ma figuriamoci se è una cosa possibile. Poveraccia: le toccherà restare al Diurno tutta la vita ».

Era una triste prospettiva. Si chiedeva come trovasse la forza di andare avanti. Come non si lasciasse prendere dalla disperazione. Si ricordò di quella volta che gli aveva chiesto: — Quanto guadagna una ragazza in un casino? — Lui s'era scandalizzato; ma una povera ragazza sola, costretta a un lavoro faticoso e umiliante, senza speranza in un avvenire migliore... c'era da sorprendersi se le venivano certe idee?

In seguito, è vero, non aveva piú fatto discorsi del genere. Aveva avuto anzi scrupolo di diventare la sua amante...

«Chissà quante gliene direbbe la gente, se lo venisse a sapere. Me, magari mi scuserebbero... ma lei, donnaccia, svergognata, mi sembra di sentirli. Invece, se c'è un colpevole, sono io. Sono stato io a ricercarla, a insistere... mentre lei, ogni volta, avrebbe voluto farla finita. E ora, s'è attaccata a me... chissà quanto ci soffrirà a dovermi lasciare». Calcolò quanto tempo avevano ancora da stare insieme. «Giusto domattina... domani sera se vado ad accompagnarla alla stazione... Ma è meglio che non ci vada. Poi avremo ancora una notte da passare insieme». Quasi quasi, avrebbe preferito che fosse già passata. Da qualche giorno lo angustiava il pensiero di quando avrebbe dovuto dirle addio. Temeva le lacrime, le scene... Oh Dio, Giovanna era una brava ragazza, era anche una che sapeva farsi forza. Ma sarebbe stato penoso lo stesso. «Potrei farle un altro regalo. Ma no, sarebbe peggio. S'è avuta a male anche dell'orologio... Potrei darle dei soldi. Non so, trecento, cinquecento lire; potrei dirle: "Anche a me sta a cuore il tuo avvenire. Hai detto che vuoi mettere da parte i soldi per aprire una profumeria, eccoti intanto questi, fai finta di averli già rispar-

miati". Ma se si è offesa per un regalo, figuriamoci se
le dessi i soldi...»

Si scervellava pensando a cosa avrebbe potuto fare,
a cosa avrebbe potuto dire per renderle meno duro il
distacco. «Potrei dirle che non è definitivo. Che ci ve-
dremo ancora». No, questa non era una cosa possibile. Ricominciare con gl'incontri in pineta, una volta
ogni tanto... dopo che lí avevano avuto tutto l'agio di
stare insieme. No, meglio un taglio netto.

Sollevato sul gomito, la guardò un'ultima volta.
«Povera Giovanna. Non te l'avrei voluto dare questo
dolore. Ma come si fa? La vita è cosí...»

Si rimise supino. Per distrarsi cominciò a pensare
al ritorno a casa. E a quando sarebbe tornato in ufficio.
Perché anche del militare, non ne poteva piú; e non
vedeva l'ora di tornare alla vita borghese.

– Oh, finalmente, – disse scorgendola. – Come mai
hai tardato?

– Sono appena le sette e quaranta, – fece Giovanna
dando un'occhiata all'orologio.

– Ma le altre, sono già uscite tutte. Andiamo, – disse prendendola sottobraccio.

– Dove mi porti?

– In latteria, no?

– Io... andrei volentieri al ristorante.

– Peggio per te. Dovevi venirci l'altra sera.

In latteria fecero anche piú presto del solito: alle
otto e dieci, erano già in camera. Mansani cominciò
subito a spogliarsi. – E tu che fai? Perché non ti
spogli?

– Vorrei andare prima di là, a salutare la signora.

– Che bisogno c'è, – disse Mansani irritato. – E va bene, vai, ma sbrigati.

Una volta in pigiama, si stese di traverso sul letto. Guardava il soffitto in ombra, una macchia d'umido nell'angolo, una crepa nel muro; il cassettone con le maniglie lucenti, la finestra con le imposte che chiudevano male. Chissà come mai, tutto aveva il potere di irritarlo. Si alzò, scalzo com'era andò ad aprire la porta che metteva in comunicazione col resto dell'appartamento. «Che sia nel bagno?» No, sentiva la sua voce di là in cucina.

Fu sul punto di chiamarla; ma si trattenne. «Che proprio stasera debba perder tempo a parlare con quella...» Quando finalmente tornò, glielo disse: – C'era proprio bisogno di far tante storie con quella strega.

Giovanna rimase zitta. Cominciò a spogliarsi. Ma una volta in camicia da notte, non si decideva a entrare nel letto. Sembrava che cercasse di ricordarsi di qualcosa.

– Che fai? Vieni a letto –. Giovanna obbedí, e lui subito fece per abbracciarla. Lei si schermí:

– Vorrei fumare una sigaretta.

– Potresti fumarla dopo. Giovanna, questa è l'ultima sera... – Vedendo che lei stava zitta con la sigaretta fra le dita, finí con l'accendergliela.

Tanto per occupare il tempo, ne accese una anche per sé.

– A che pensi? – le chiese.

Lei rispose con un gesto come per dire che non pensava a nulla.

Mansani non riuscí a dominarsi:

– Proprio l'ultima sera devi comportarti cosí?

– Io mi comporto... come queste altre sere.

– Non dici nulla... non rispondi nemmeno. Sembra quasi che tu non mi possa vedere.

Lei lo guardò in un modo curioso; poi abbassò gli occhi.

– Allora? Proprio non vuoi dirmi nulla? Guardami, almeno. Perché non sei affettuosa come le altre sere? Rispondimi. Dimmi qualcosa... Giovannina.

Lei s'inteneriva sempre quando la chiamava Giovannina. Stavolta invece ebbe un gesto infastidito. Buttò via il mozzicone, e si mise giú. – Spengi, – gli disse.

– Ma Giovanna.

– Spengi, ti prego.

– Giovanna, è l'ultima sera...

– Ti ho chiesto di spengere la luce; perché non mi accontenti?

– Ma è presto; non sono ancora le nove...

– Uff, – fece lei, e si mise su un fianco, voltandogli le spalle.

– Ma Giovanna, – ripeté Mansani. – Io... scusami di prima. Non so, forse sono stato brusco... O forse ti sei avuta a male di qualcosa? – Cercò di capire di che cosa poteva essersi avuta a male: – Ti sei arrabbiata perché non ti ho portato in trattoria? Ma è perché avevo fretta di rimanere solo con te. Queste altre sere, eri tu che volevi venire subito in camera. Ma se davvero ci tenevi ad andare in trattoria, dovevi insistere... io t'avrei accontentato, credimi. Stasera poi farei qualunque cosa per accontentarti. Che posso fare perché tu sia contenta?

– Oh, smettila di parlare, – proruppe lei. Si voltò un momento: – Non sono arrabbiata... ma smetti di parlare, ti prego.

– Ma perché? – Rimase un momento incerto, poi si stese anche lui. – Se ti dà noia che parli, smetto. Ma lascia almeno che ti tenga la mano –. Lei gli abbandonò la mano. – Ecco, cosí; mi basta che tu non sia arrabbiata. Sarebbe troppo brutto, non ti pare? che litigassimo proprio stasera.

– Spengi la luce.

– Va bene, la spengo –. Per spengere s'era dovuto scostare, ma poi gli andò piú vicino ancora: – Mi basta di stare cosí. Giovanna, senti: pensa come sarebbe bello se si potesse star sempre cosí.

– Smetti, – implorò lei.

– Che hai, Giovanna? Sei di nuovo arrabbiata? – Ormai lo aveva capito che non era arrabbiata. L'aveva capito, ma preferiva continuare a credere che lo fosse... – Senti, Giovanna. Siamo stati sempre sinceri l'uno con l'altra. Dimmi cos'hai. Perché non me lo vuoi dire? Perché mi volti le spalle? Giovannina, vieni, abbracciami, – e tentò di far cambiare posizione a quel corpo che se ne stava lí fermo e duro.

A un tratto quel corpo cominciò a sussultare. Ancora una volta, lui ebbe paura di capire. – Giovanna, se non parli, come faccio a sapere... Giovanna. Giovannina...

– Oh, basta! – esclamò lei disperata. E subito dopo si voltò e gli si rifugiò tra le braccia.

Ormai non poteva aver piú dubbi. Le prese la testa, se la premette contro il petto. – Giovannina, cara. Calmati. Non piangere piú.

Smise di parlare. Si limitava a tenerla stretta e a premerle la faccia contro il petto.

Fu lei a sciogliersi dall'abbraccio. – Lasciami... soffoco, – disse. La lasciò a malincuore.

Sentí che si tirava su. – Mario, per favore, accendi. Non riesco a trovare il fazzoletto –. E, quando lui ebbe acceso: – Non mi guardare, ti prego. Devo avere una faccia... – Si soffiò il naso tre o quattro volte, poi si ravviò i capelli con le mani. – Sono una sciocca, scusami, – disse con un filo di voce. – Volevo far la brava... ma non m'è riuscito. Per l'appunto tu non facevi che ripetere che è l'ultima sera... Ma ora è passata. È stato un momento di debolezza... ma non si ripeterà piú, te lo giuro. Dammi una sigaretta. Be'? sei ammutolito? – E gli fece una carezza. – Perché non fumi una sigaretta anche tu?

– No. Non ne ho voglia... Fammi fare una boccata con la tua.

– Domattina sarò brava, vedrai, – ripeté Giovanna. – Ti saluterò come queste altre mattine...

– Perché domattina? Domani sera, si parte insieme.

– No, tu parti prima. Hai detto che vi lasciano liberi a mezzogiorno, perché non vuoi partire subito? Se aspetti me, arrivi troppo tardi. E poi, è meglio salutarci qui. Cosí, se dopo mi viene voglia di piagnucolare, mi butto sul letto... e non mi vede nessuno. No, in treno mi metterebbe troppa tristezza. E poi, potrebbe esserci gente... Magari non avremmo modo nemmeno di darci un bacio.

– Be', domattina si vede.

– Che faccia devo avere, – ripeté Giovanna passandosi le mani sulle guance e sulla fronte, e ributtando indietro un filo di capelli appiccicati. – Quasi quasi

vado a darmi la cipria. Non voglio che ti ricordi di me
con questa faccia...

Partirono insieme.

Il tram era affollato, e si trovarono divisi. Mansani
guardava scorrere le masse buie dei lecci e la fila di
case dietro. A intervalli regolari una traversa spezza-
va la continuità del viale. Il tram fermò una volta,
due, tre... Erano arrivati.

– Il biglietto l'ho già fatto, ma bisogna che svinco-
li la valigia... O sennò aspetta, do l'incarico a un facchino.

Al caffè le disse:

– Sai? stamani circolava la voce che ci richiameran-
no presto. Sarebbe anche logico: questo corso, altrimenti, che ce l'avrebbero fatto a fare? – Giovanna restò zitta, e lui aggiunse: – Pensa se mi facessero tornare a Livorno...

– E se invece ti mandassero in Africa? Il fidanzato
di Gina, ce l'hanno mandato.

Il marciapiede era deserto. Lo percorsero fino in
fondo.

– Com'è cambiata la stagione, – disse Giovanna. –
Ti ricordi la prima sera che partimmo insieme, che
freddo faceva? E ora, sembra estate... Sul serio, io ho
caldo, eppure non ho niente sotto, – e si sbottonò il
golf.

– Vuoi dire... che sotto il vestito sei nuda? – fece
lui sorridendo.

– Stupido, – e sorrise anche lei. – Voglio dire che
non ho roba di lana.

– Io la maglia di lana non la porto mai, nemmeno nel colmo dell'inverno.

– Io sí. Sono freddolosa. Con tutto ciò, preferisco quasi l'inverno.

– Perché?

– Perché l'estate a Marina c'è troppa confusione. Per fortuna io ci sto poco...

– Davvero non li fai piú i bagni?

Lei scosse la testa:

– No, – disse. – Chiuso. Io sono cosí, quando ho deciso di non fare piú una cosa... smetto del tutto.

– Con me però non t'è riuscito, – osservò Mansani. – Due volte hai voluto smettere... e poi hai ricominciato.

– Ma questa è la volta buona, – rispose lei, e gli sorrise. – Stavolta... è finita davvero.

– Bisogna essere in due a decidere.

– Infatti siamo in due. Perché anche tu hai deciso... Ora magari vuoi farmi credere che pensi diversamente, per rendermi meno amara la separazione... – Buttò indietro i capelli: – Ma ormai il dolore l'ho già provato. Ho cominciato a provarlo subito il primo giorno... Ero felice, ma avevo anche un po' di dolore dentro. Perché lo sapevo che ci saremmo dovuti lasciare.

Mansani la guardò a lungo, come volesse imprimersi bene in mente l'espressione del suo viso... – Sei una brava ragazza, – le disse alla fine. Non era questo che avrebbe voluto dirle. Avrebbe voluto dirle molto di piú.

Lei gradí ugualmente le sue parole. Chiuse un momento gli occhi, come per assaporarle meglio. Li riaprí; lo fissò; gli disse:

– Spero solo che non avrai un cattivo ricordo dei giorni che abbiamo passato insieme –. E perché lui non dicesse altro: – Vieni, torniamo indietro.

Cominciava a esserci gente. Arrivò il facchino con la valigia:

– Le seconde sono in testa, signor tenente.

– Ma io salgo in terza.

– E se poi ti fanno osservazione? – gli disse Giovanna. – È meglio che sali in seconda. Tanto, salutarci qui o salutarci a Cecina...

Mansani alzò le spalle:

– Ormai sono in congedo. Me ne infischio anche se passa il controllo militare. E poi, che ci farei solo in treno? Non mi sono nemmeno comprato un giornale. Almeno, fino a Cecina, ho la compagnia –. Si sforzava di parlare con tono indifferente.

– Senti, Mario. Finora non avevo mai avuto il coraggio di domandartelo... Ma bisogna che lo sappia. Anche per potermi regolare...

La guardò: e un'irragionevole speranza gli balenò nella mente. Il cuore prese a battergli forte. Forse Giovanna stava per fargli una promessa, per prendere un impegno...

– Non mi hai mai detto come andò a finire quella faccenda della cambiale.

Deluso, fece un gesto noncurante:

– La pagai io –. Si affrettò a soggiungere: – Tu non ci pensare, ormai è roba passata.

Stava arrivando il treno. Giovanna salí per prima e prese posto in uno scompartimento vuoto. Mansani pagò il facchino; buttò sul portabagagli anche il berretto; rimase un momento incerto, poi le sedette davanti.

– Vuoi fumare?

Lei fece segno di no.

Il treno partí. Dopo poco smisero di passare le case illuminate e non rimasero che le forme vaghe della campagna.

Lui le prese una mano; poi anche l'altra, e le strinse fra le sue. Restarono cosí, con le mani congiunte, senza parlare. Si guardavano; e insieme distolsero gli occhi, rivolgendoli verso il finestrino.

Le masse scure passavano piú veloci: segno che s'erano avvicinate. Il treno aveva ormai infilato la strettoia fra le colline e il mare e finalmente entrò nella galleria. Si vedeva la parete stillante entro cui si aprivano le nicchie di protezione. In una, piú grande, Mansani fece in tempo a scorgere alcuni arnesi da manovale.

Il treno uscí dalla galleria, e lui tornò a guardare Giovanna. Continuava ad apparire tranquilla; e anche stanca. S'era appoggiata alla spalliera e per un po' tenne gli occhi chiusi. Li riaprí e gli sorrise appena. Mansani volle dirle qualcosa; ma non gli riuscí trovare le parole.

Continuarono a viaggiare cosí, lui sporto in avanti, lei appoggiata alla spalliera, con le mani abbandonate fra le sue. Si riscosse solo quando il treno rallentò e finí col fermarsi. Guardò un momento fuori, come per accertarsi che erano a Solvay; e riprese la posizione di prima.

Anche lui si agitò; e appena nel corridoio fu finito lo scalpiccio, cominciò a parlare:

– Giovanna. Prima, quando m'hai detto in quel modo... sí, che avevi da domandarmi una cosa, ma ti mancava il coraggio... per un momento ho sperato

che non volessi piú lasciarmi –. Lei lo guardava col viso atteggiato a un sorriso di stanchezza. – Giovanna,
senti. Anche se non ci potremo vedere piú cosí spesso... E poi le circostanze della vita sono tante, la sorte ci può anche aiutare. Ci ha già aiutato una volta...
Basta volere, il modo si trova. E io lo voglio, Giovanna... Vero che lo vuoi anche tu?

Lei non cambiò posizione. Si limitò a scuotere leggermente il capo:

– Io lo vorrei anche piú di te. Purtroppo non si può
fare...

– Ma noi due ci amiamo, – proruppe lui. – Possibile che debba finire cosí?

Lei gli venne vicino col viso:

– Dobbiamo contentarci di quello che abbiamo a-
vuto. Io me ne contento, sai, Mario? Perché non è
stato come cinque anni fa. Non negare: cinque anni
fa, ero solo una delle tante con cui t'eri divertito. Ma
in questi cinque mesi che è durata la nostra relazione,
sono stata qualcosa di piú per te, vero, Mario? Non
ci sei venuto solo per divertirti... mi hai voluto anche un po' di bene. È stata una cosa seria anche per
te, vero, Mario? Sí, lo so che è stata una cosa seria anche per te... Ciao, Mario. Su, fammi un sorriso. Dammi un bacio. Dài un bacio alla tua Giovannina.

Gli posò un bacio leggero sulla bocca. Quando sentí che lui cercava di abbracciarla, si svincolò e corse
via.

S'era alzato che il treno stava già per ripartire. Ebbe appena il tempo di rivederla, ferma sul marciapiede. Solo, non pensò ad abbassare il vetro; e gli rima-

se negli occhi una figura confusa che gli faceva un ultimo cenno di saluto.

Entrò nella toeletta, si guardò nello specchio; si passò smarrito una mano sui capelli. Tornò nello scompartimento, si mise seduto; gli venne in mente che doveva passare in seconda, tirò giú la valigia e s'incamminò per il corridoio. Andava dalla parte opposta del treno: finché un controllore l'avvertí dello sbaglio.

Finalmente arrivò in una carrozza di seconda. Entrò nel primo scompartimento. Un ferroviere era intento a riempire una tabella: gli diede un'occhiata al di sopra degli occhiali. Mansani si lasciò andare nell'angolo adiacente. Tirò fuori una sigaretta, ma la pietrina dell'accendisigari non funzionava. Si vide mettere davanti un cerino acceso:

– Questo è piú sicuro, – disse il ferroviere.

– Già, – rispose Mansani, sforzandosi di sorridere. A che cosa stava pensando? A quella sera che erano scesi insieme a Cecina...

Quella sera Giovanna gli aveva detto addio, ma lui non l'aveva presa sul serio. « Stavolta invece è davvero finita ». Era strano che fosse cosí calmo.. « Ma che dovrei fare? Mettermi a gridare? » Era finita, ma nessuno lo sapeva. E cosí, lo avrebbero preso per matto, se si fosse messo a fare scene.

« No, uno bisogna che si comporti normalmente. Può essere disperato, deve far finta di nulla. Io devo far finta di nulla, se questo mi si mette a parlare. E tra poco dovrò far finta di nulla con mia moglie. E domattina, dovrò far finta di nulla con mia suocera e mia cognata. E domani l'altro mattina, dovrò far finta di nulla coi colleghi dell'ufficio... »

– Ecco fatto, – disse il ferroviere; ripiegò il suo scartafaccio e lo ripose nella tasca della giubba. Infilò gli occhiali nella custodia: – Ora si rientra un po' in famiglia... e domani a mezzogiorno si riprende servizio per altre ventiquattr'ore –. Si calcò il berretto in testa: – Nemmeno la domenica si rispetta, noi ferrovieri.

– Eh, – fece Mansani. E per evitare che l'altro intavolasse una conversazione, uscí nel corridoio.

Guardava la propria immagine riflessa nel vetro. Anche per quella, era finita: domattina, si sarebbe rimesso in borghese. «Fino al prossimo richiamo». Chissà se era vero che li avrebbero richiamati presto. «Ma metti che sia vero. Metti che una sera torni a casa e trovi Gabriella in lacrime, come l'altra volta... L'altra volta fece presto a consolarsi. Ma stavolta, metti che sulla cartolina ci sia scritto: Napoli; vedrai che continua un pezzo a piangere». Si soffermò su questa ipotesi, sperando che si avverasse. Per lettera e a voce sua moglie s'era lamentata di averlo lontano. E per cosa, poi. Perché era rimasto quaranta giorni a Livorno. «Se vado in Africa, starà almeno sei mesi senza vedermi. Ma che dico sei mesi? Un anno. Due anni. Cosí impara».

A Campiglia salí gente, e gli scompigliò i pensieri. Febbrilmente, cercò di ritrovare il filo: sentiva il bisogno di arrivare a una conclusione prima che avesse fine il viaggio.

Cercò di ricordare le ultime parole di Giovanna. Gli aveva detto che era contenta cosí; che le bastava quello che aveva avuto... Possibile che fosse davvero contenta? Sí, era contenta, infatti gli sorrideva...

Giovanna era una ragazza straordinaria. E dire che

la gente sparlava di lei. Ma che ne sapeva la gente?
Che ne sapeva anche lui, prima di averla conosciuta?
Per esempio, quando era andato a prenderla al treno:
era stato solo cinque mesi prima: che ne sapeva di
Giovanna? Quello che ne sapevano gli altri. Ora, in-
vece...

Ecco, era cosí: gli altri non sapevano niente di Giovanna. Lui solo la conosceva, lui solo sapeva com'e-
ra...

E provò un senso di felicità.

X.

Mansani riprese servizio a Cecina per pochi giorni soltanto. Prima venne mandato in missione a Montevarchi, poi ci fu trasferito. Il fratello s'era impiegato a Roma, l'appartamento e il negozio erano stati venduti, ormai non aveva piú ragione di tornare dalle sue parti.

Ma ci pensava spesso. Pensava spesso a Cecina, e a Giovanna. Erano quasi diventati un pensiero solo. Era curioso: piú che le settimane passate con lei a Livorno, gli tornavano in mente i primi incontri a Cecina e a Marina. Si ricordava di come l'aveva vista scendere dal treno, infagottata nell'impermeabile. Di come l'aveva guardato la prima volta, con la testa piegata su una spalla e un occhio semichiuso. Di come s'era accostata alla siepe per strappare una foglia. E il tono di voce calmo quando gli aveva chiesto se gli pareva bello tradire la moglie. Tanti particolari ricordava, di quel loro primo incontro in pineta. E di quell'altra volta che erano stati lungo la ferrovia. Non avrebbe mai dimenticato come l'aveva vista dietro la barriera dell'uscita, addossata al muro, che aspettava di vederlo partire...

Non l'aveva piú incontrata, e non ne aveva piú avuto notizie. Finché venne a sapere che le era morta la madre. E poi che aveva aperto un salone a Cecina, in società con un altro.

Le vacanze, Mansani le passava a Follonica. Una volta, c'incontrò Franceschino. Calvo, sdentato, con due buchi al posto delle guance: invecchiato di dieci anni a dir poco. In Africa, s'era buscato l'ameba, era stato questo tutto il guadagno.

Ma lui era troppo ansioso di aver notizie di Giovanna per preoccuparsi delle tristi condizioni dell'amico. Franceschino lí per lí non seppe dirgli niente: sapeva del salone, ma gli sembrava di non sapere altro... – Ah: s'è sposata.

Mansani si sentí mancare. Alla fine gli domandò se sapeva con chi.

– Con un parrucchiere. Credo quello con cui ha aperto il salone.

– Tu... non l'hai piú vista?

– L'avrò anche vista, perché vado a Cecina tutte le settimane... Ma ne vedo tanta di gente.

Fu l'ultima volta che ebbe notizie di Giovanna. A Montevarchi, in un ambiente nuovo, aveva finito col perdere le abitudini da giovanotto. Era anche ingrassato. Quel che è peggio, aveva perso i capelli: gli restava solo un ciuffo davanti, con cui s'ingegnava di nascondere la calvizie.

Al principio dell'estate del '45, Mansani viaggiava su un carro-bestiame. Era stato a Follonica a trovare la suocera e a rifornirsi di viveri; e ora tornava a Massa, dove aveva la famiglia.

Erano le sei di un pomeriggio afoso. Mansani aveva sistemato la valigia e il tascapane in fondo al vagone, aveva appeso la giacca a un chiodo e se ne stava seduto nell'entratura, con le gambe sporte fuori. Il treno andava adagio e fermava spesso in aperta campagna. Era partito da due ore e ancora non era arrivato a San Vincenzo.

Disse al vicino di conservargli il posto e andò a prendere un involto che aveva nel tascapane. Per arrivarci, dovette scavalcare le persone che stavano sedute o sdraiate sull'impiantito del carro. Le donne erano sistemate un po' meglio su due panche.

Tornato al suo posto, aprí l'involto. Conteneva le provviste per il viaggio, che non si sapeva quanto potesse durare. All'andata, aveva dovuto fare anche un pezzo a piedi, perché la linea era interrotta; in tutto ci aveva messo diciannove ore.

– Pensare che prima della guerra, coi diretti, in un'ora e mezzo s'andava da Follonica a Livorno, – disse al vicino, un giovanotto con la maglietta a strisce trasversali.

– Sei anche tu di Livorno?

– No, io sono di Cecina. Ma abito a Massa. Se tutto va bene, ci arrivo domattina.

Gabriella sarebbe stata contenta di aver notizie della mamma e della sorella. E le avrebbero fatto piacere quei chili di fagioli e di farina gialla... Perché a Massa non si trovava niente.

Un po' alla volta, le cose si sarebbero accomodate. La guerra era finita da due mesi, non si poteva mica pretendere che... L'essenziale, era essere sani e salvi.

Unico motivo di preoccupazione, che Gabriella era di nuovo incinta. Non erano tempi per avere un altro figliolo. Gabriella non gli aveva parlato per una settimana, e anche lui s'era dato dell'incosciente... Ma infine, era scusabile. Erano appena scesi dai monti, felici di averla scampata: era comprensibile, no? che nell'euforia del ritorno a casa, lui non ci fosse stato attento...

L'essenziale, si ripeté, era averla scampata. Se ripensava a quante ne aveva passate, gli sembrava quasi impossibile di averla scampata. Era stato in Albania; era stato nel Montenegro; a Verona, subito dopo l'armistizio, era sfuggito per miracolo a una retata dei tedeschi... Per non parlare di quello che gli era capitato dopo. La sera avanti, a fare i racconti alla suocera e alla cognata, aveva trovato mezzanotte.

Ora, se Dio vuole, era finita. Si ricominciava a vivere. E a lui pareva non tanto che cominciasse una nuova vita quanto che ricominciasse la vecchia vita, di quando era giovane... Perché era un fatto, che si sentiva di nuovo giovane.

Si pulí le labbra col dorso della mano; si toccò la barba, che aveva lunga di due giorni. Si passò la mano anche in testa. Be', un po' di calvizie, che male c'era. «Sono sempre in gamba», pensò. Era piú in gamba che mai: ora che era di nuovo magro. Tutto ossa e muscoli, come una volta.

A velocità ridotta, il treno si avvicinava a San Vincenzo. Sporgendosi in fuori, Mansani era già in grado di scorgere d'infilata le case del paese. La stazione non si vedeva ancora, perché la ferrovia nell'ultimo tratto curvava in dentro. Mansani continuava a sporgersi finché cominciò a vedere il marciapiede, dov'era adunata una piccola folla... In quell'istante una fitta dolorosa gli ricordò che Franceschino era morto.

Il treno non s'era ancora fermato, che un gruppo

di giovani prese d'assalto il vagone. Mansani si dovette scansare; ma dopo si affrettò a rioccupare il posto. I nuovi venuti parlavano ad alta voce e ridevano. Mansani cercò di capire chi fossero. Giocatori di una squadra di calcio, probabilmente. Perché anche l'attività sportiva stava riprendendo. La mattina il giornale dava notizia della ripresa del campionato, che si sarebbe svolto a due gironi, uno per le squadre del Nord, l'altro del Centro-Sud. «Cosí quest'anno potremo vedere qualche partita», pensò Mansani soddisfatto.

Il treno si mosse, e lui tornò a interessarsi della campagna. Riconosceva i luoghi uno dopo l'altro: l'aveva fatta tante volte quella linea... Ecco la pineta che cominciava dopo le ultime case del paese; s'interrompeva per far sfociare un fosso, ricominciava piú compatta, e gradatamente s'allontanava. Ma anche in quel vasto tratto di pianura Mansani riconosceva via via qualche particolare: una strada che univa due poderi, una staccionata trasversale, un rialzo del terreno, la forma quadrata di un vigneto... Il treno correva piú spedito, e arrivarono presto a Donoratico.

La stazione era dalla parte opposta, ma un po' di gente era raccolta anche lí, sull'altro binario, con le valige e i fagotti. Prima buttarono dentro la roba, poi montarono. Era rimasta a terra una donna vestita a lutto, con una bambina in braccio. – Dia a me la bambina, signora, – fece Mansani premuroso. – Mi dia anche i fagotti –. Da ultimo la prese per il braccio e la aiutò a tirarsi su. – Grazie, – disse la donna. E lui riconobbe Giovanna.

– Buonasera, – rispose lei. Chiamò la bambina:
– Marcella, dove vai? Tanto, non c'è posto.

– Aspetta, te lo trovo io, – disse Mansani. Si rivolse alle donne: – Non potreste stringervi un po'? C'è
una signora con una bambina...

– Venga, signora, – disse una ragazza alzandosi.

– Grazie, – rispose Giovanna. Spinse i fagotti sotto la panca, si mise seduta e prese la bambina sulle
ginocchia.

Mansani restò in piedi davanti a lei. – Vai a Cecina? – le chiese.

– Sí, – rispose Giovanna.

– Io vado a Massa. Massa Carrara, non Massa Ma-
rittima. Ora abito là. È da prima della guerra che mi
ci sono trasferito. Sai? ora ne ho due, di figlioli. Due
maschi. E ho paura che ce ne sia un terzo per la strada.

Lei s'era chinata per sistemare meglio i fagotti; e
Mansani finí con l'interrompersi. Certo, era cambiata; era ingrossata, sembrava informe. Anche di faccia, era cambiata... « Se non fosse stato per i capelli,
non l'avrei riconosciuta ».

Era per chiederle come mai fosse a lutto: quando
si accorse di un medaglione che portava al collo. Non
vedeva bene la piccola fotografia smaltata, ma gli sembrò una faccia maschile. « Che abbia perso il marito in
guerra? »

Le domandò se abitava sempre a Cecina.

– No, a Marina.

– Ah. E tuo padre?

– Sta bene, grazie. Hai sonno? – disse alla bambina. – Ora questa mi s'addormenta, – fece rivolta alla donna che le sedeva accanto.

– Da una parte è meglio, – rispose la donna. – Almeno, quando dormono, stanno tranquilli.

– Ma poi non mi si sveglia piú... mentre c'è da fare due chilometri a piedi.

– Da Castagneto a Donoratico l'hanno rimesso il servizio? – s'informò un'altra.

– No, – rispose Giovanna.

– Allora lei come ha fatto?

– M'hanno accompagnato in barroccino.

Mansani era sempre piú sorpreso del suo comportamento. Ma come: si rivedevano dopo dieci anni: e lei, a fatica faceva mostra di riconoscerlo. E dopo, preferiva attaccar discorso con delle persone sconosciute...

Ora, tra le donne, la conversazione era diventata generale. Ognuna si mise a raccontare i propri guai. Mansani, che oltre tutto stava scomodo, si riavvicinò all'entratura. Il posto a sedere, gliel'avevano preso. Si distrasse a guardar fuori. Ma si rifece attento quando sentí che parlava Giovanna:

– ...no, di polmonite. Di petto, per la verità, era sempre stato debole; ma sono state le privazioni di questi ultimi tempi... E poi, non ha avuto nemmeno l'assistenza. In ospedale, non ce l'ho potuto ricoverare perché non c'era posto. E il dottore è anziano, veniva un giorno sí e uno no...

– Cara signora, quando è destino è destino, – disse la vicina per consolarla.

– Macché destino, – intervenne una donna dietro. – È stata questa porcheria della guerra –. Alzò la voce: – Andrebbero ammazzati tutti, quelli che l'hanno voluta. I fascisti, sí: perché sono loro i responsabili di ogni cosa. Bisognerebbe dargli fuoco, come al-

la gramigna: che non ci rimanessero nemmeno le ra-
dici... Perché la malerba fa presto a ributtare.

– Buona, Baldina, buona, – disse un vecchio che
era in piedi accanto a Mansani.

– Ah, lo dici a me di star buona? E quelli, allora?
Sono stati buoni, forse? Ma se per vent'anni non hanno fatto che massacrare il popolo...

– Brava, – disse uno dei giovani che erano saliti a
San Vincenzo.

– Dovrebbero mandarci te, a fare i comizi, – aggiunse un altro.

– E non dubitare che lo saprei io cosa dire, – replicò pronta la donna. – Giustizia, direi: e chi ha sba-
gliato, deve pagare. Tutti al muro bisogna metterli,
questi assassini...

Poi il treno si fermò a Bolgheri, ci fu gente che scese, gente che salí, e nel vagone si ristabilí il silenzio.

– Badi che io smonto a mezzanotte, – disse il ferroviere.

– Ma io per quell'ora sono tornato. Mi ha detto il
capo che c'è un treno giusto a mezzanotte.

– O alle due. O alle quattro. O magari per niente.
Mica hanno piú orario, i treni.

– Be', a mezzanotte io mi piazzo qui, e il primo che
passa, ci salto sopra, – fece Mansani allegro. Tornò
da Giovanna, che stava cercando di raccattare un fa-
gotto:

– No, questi li porto io. Poi magari ci scambiamo,
io ti prendo la bambina...

– Grazie, sono abituata a portarla in collo –. Aggiunse: – Mi dispiace che ti sei voluto scomodare; io in qualche modo avrei fatto anche da me.

– Ma ti pare? E poi, mi fa piacere rivedere Cecina... Era tanto che non avevo piú occasione di passarci.

– Allora non la riconoscerai nemmeno: in Via E-milia, non c'è piú una casa in piedi.

Avevano preso per la discesa lungo la ferrovia; lui continuava a guardarsi intorno. Usciti dal sottopassaggio, fece per imboccare la vecchia via di Marina; ma lei disse: – Si fa prima di qua.

Come il viale si fu riportato all'altezza della campagna, comparvero, in fondo, l'abitato di Marina e la linea cupa della pineta. Era ormai il crepuscolo; e tutto, i campi, le case coloniche, la mole isolata dello zuccherificio, aveva lo stesso aspetto scolorito. Acuti, invece, erano gli odori: Mansani distinse il profumo degli oleandri, il puzzo di concio che esalava da un podere, e l'altro, anche piú caratteristico, del fosso di scarico. Gli sembrava quasi impossibile di ritrovarsi a Cecina; e per di piú, insieme con Giovanna. Ma era davvero Giovanna quella forma silenziosa che gli camminava accanto?

Cominciava a essere stanco: i fagotti erano ingombranti, non sapeva come portarli. – Ci si riposa?

Si fermarono su un muricciolo. Mansani posò i fagotti e Giovanna cambiò posizione alla bambina, adagiandola in grembo.

– Vuoi fumare? – e le tese il pacchetto.

– No, grazie.

– Non fumi piú?

– È tanto che ho smesso.

– Io lo sapevo che t'eri sposata, – cominciò Mansani. – Tuo marito era anche lui parrucchiere, vero?

– Sí.

– Era di Cecina?

– No. Di Castagneto.

– E... quando è successa la disgrazia?

– Quattro mesi fa.

– Eh, – sospirò Mansani. – Non si può davvero dire che tu abbia avuto fortuna... – Tacque, aspettando di sentire cos'avrebbe risposto. Ma lei non disse niente. – Avevo saputo anche di tua madre; come fu, una cosa improvvisa?

– No, lei fu un cancro.

– Tuo padre invece mi hai detto che sta bene.

– Sí, – rispose Giovanna.

– Sicché tu adesso stai con lui.

– Per forza: è rimasto solo.

– Perché, tua sorella...

– È sposata a Roma.

Pensò di chiederle se la sorella aveva sposato quell'aviatore con cui era fidanzata dieci anni prima; ma non volle apparire indiscreto. D'altronde, non gl'importava sapere della sorella. Voleva sapere di lei; e le chiese:

– Il salone, ce l'hai sempre?

– Il salone, è rimasto sotto le macerie.

– E allora, che fai?

– Che vuoi che faccia? Nulla. Mi arrangio.

– Ma in seguito potrai rimetterlo su. Voglio dire, il mestiere ce l'hai, potrai sempre ricominciare a...

Non andò avanti. Dopo un po' lei disse:

– Avrei piú voglia di finire che di ricominciare. E se non fosse che m'è rimasta sulle braccia questa creatura... la farei finita davvero.

– Che discorsi sono? – la rimproverò Mansani.

– Devi farti coraggio, invece. Capisco che la disgrazia è ancora troppo recente... – La vedeva immobile, a testa china; aveva l'impressione che non ascoltasse nemmeno. – Quanti anni aveva, tuo marito?

– Trentadue.

– Trentadue? – fece Mansani stupito.

– Sí. Era piú giovane di me. Pensa: gli era crollata la casa addosso, quando fu del secondo bombardamento: e lui nulla, nemmeno una graffiatura. L'avevano preso i tedeschi a Castagneto, quando fecero quella rappresaglia; e anche lí, s'era salvato per miracolo... – La sua voce si ridusse a un filo: – E m'è andato a morire cosí, per una stupidaggine... Perché s'era strapazzato andando in bicicletta; perché non l'ho potuto curare, non si trovavano nemmeno le medicine... M'è morto cosí, senza che gli abbia potuto far nulla...

Cominciò a piangere silenziosamente. Mansani non sapeva come contenersi. Finí col posarle una mano sulla spalla. Gliela strinse:

– Povera Giovanna. Io ero stato cosí contento di saperti sistemata... Sí, di sapere che avevi aperto un salone, che t'eri sposata... E ora guarda un po' cosa t'è capitato...

– A trentadue anni, – ripeté Giovanna. – M'è morto a trentadue anni –. Teneva in mano il fazzoletto e ogni tanto lo mordeva, per impedirsi di piangere. – Ci volevamo cosí bene... Eravamo cosí felici...

Era una serata buia, non si vedeva a pochi passi di distanza. In fondo c'era un chiarore diffuso, e Mansani pensò che fosse Cecina. Ancora piú in alto, ma spo-

stata sulla destra, una cascata di lumi tremolanti in-
dicava un paese: Castagneto, forse.

Guardò l'ora: le dieci meno un quarto. Era sempre presto, poteva prendersela comoda. Dopo aver
lasciato Giovanna, era tornato indietro in fretta, per
paura d'incontrare qualcuno di conoscenza. Mica per
nulla, ma aveva bisogno di restare solo coi suoi pensieri.

Quante volte s'era figurato d'incontrarla. Era arrivato a immaginare nei piú piccoli particolari come
si sarebbe svolto l'incontro: quali parole avrebbe detto, quali gesti avrebbe fatto. E anche il comportamento di lei, i suoi gesti, le sue risposte.

Ecco, l'incontro era avvenuto, ma in modo tutto
diverso. Per cominciare, lei era cambiata; era irrico-
noscibile, quasi. Che aveva piú della Giovanna di un
tempo? Giusto i capelli. Oh Dio, magari era anche il
lutto che la faceva apparire tanto cambiata.

No, non era stato il suo aspetto, ma il suo contegno
a sorprenderlo. Tutto avrebbe potuto prevedere, meno l'indifferenza. A fatica lo aveva guardato, a fatica
aveva risposto alle domande. «Le poche parole che
ha detto, gliele ho dovute cavare di bocca. Va bene
che ha avuto un sacco di guai... Ma avrebbe potuto almeno dirmi una parola, tanto per farmi capire che si
ricordava di me, del tempo in cui siamo stati insieme...
Anche se non voleva dirlo, avrebbe potuto farmelo capire con uno sguardo».

Lo aveva trattato come un estraneo, invece. Come
se non fosse mai stato nulla per lei. «Ecco in che modo sono le donne, – pensò amaramente. – Quando si
fanno una famiglia dimenticano tutto quello che c'è

stato prima. Lo vedo anche con Gabriella. Per lei non
ci siamo che noi, i bambini e io: sembra che non le
importi piú nemmeno della madre e della sorella, o-
ra che s'è abituata ad averle lontano. Noi uomini sa-
remo egoisti, ma abbiamo un po' piú di sentimento...»

Tornò a pensare a Giovanna. Ecco, la cosa che l'a-
veva sorpreso di piú, che l'aveva piú ferito nel suo
amor proprio, era che il marito fosse cosí giovane...
Che fosse addirittura piú giovane di lei. Non doveva
essere nemmeno un brutto giovane. Lí nell'ingresso,
dov'era entrato un momento a posare i fagotti, aveva potuto vedere meglio la fotografia incastonata nel
medaglione. E s'era reso conto che il marito di Giovanna era un bel giovane...

Questo, non l'avrebbe mai potuto immaginare. Al
contrario, s'era fatto l'idea che Giovanna avesse sposato un uomo parecchio piú anziano. Magari un ve-
dovo; o uno di questi zitelloni... Era la supposizione
piú verosimile: perché Giovanna, col suo passato, co-
s'altro avrebbe potuto pretendere? Giusto un matrimonio di convenienza, tanto per sistemarsi...

Invece, era stato un matrimonio d'amore. L'aveva
detto lei: – Ci volevamo cosí bene... Eravamo cosí felici...

Sentí un'improvvisa stanchezza; e si fermò. Accese
una sigaretta; ma era talmente buio, che non gli dava gusto. La spense, e ripose il mozzicone.

In tutti quegli anni, ogni volta che aveva pensato
a Giovanna, l'aveva immaginata moglie di un bra-
v'uomo, a cui era affezionata, ma che non amava...
Perché, ne era sicuro, Giovanna continuava ad ama-
re lui.

Invece, Giovanna l'aveva dimenticato. C'era stato un altro amore nella sua vita. Eppure era già in là
con gli anni, era anche parecchio sciupata... Possibile
che quel giovane se ne fosse innamorato? Possibile
che non avesse saputo nulla dei suoi trascorsi? È vero che non era di Cecina... ma le voci sul passato di
Giovanna dovevano essergli giunte all'orecchio. In
un posto piccolo, si fa presto a risapere le cose.

L'aveva saputo, certo. Aveva saputo di Franco
Mazzoni e di quegli altri giovanotti... forse aveva saputo anche di lui, Mansani. Ma si vede che le aveva
perdonato. Le aveva voluto bene lo stesso ed era stato lo stesso felice...

Mansani provò un brivido. Era cosí, quel giovane
le aveva voluto bene ed era stato felice con lei... malgrado che gliel'avessero insozzata. Perché questa era
la verità: lui, Mansani, aveva insozzato Giovanna.
Lui e tutti gli altri. Lui piú di qualunque altro...

— In confronto a quello che hanno fatto dalle parti dove sto io... — cominciò Mansani.

— Perché, qui ne hanno fatte poche? — replicò il
ferroviere. — A Guardistallo i tedeschi hanno fucila-
to ventinove persone; a Castagneto, dieci...

— Ma i tedeschi. Si parlava dei fascisti...

— E che differenza fa? I fascisti, sono responsabili
anche di quello che hanno fatto i tedeschi. E poi ci si
meraviglia se gli animi erano esasperati...

— Ma Franceschino io lo conoscevo bene, non era
cattivo.

— Lo conoscevo bene anch'io, — disse il ferroviere:
— s'è giocato a pallone insieme. Cattivo magari non

era... Ma è stato uno stupido. Poteva nascondersi, per lo meno. Poteva fare come gli altri, che sono scappati nel Nord. Invece è tornato a casa come se nulla fosse... E cosí ha pagato per tutti. Be', io bisogna che chiuda il magazzino. Di questi tempi, se non stai attento, ti rubano anche la camicia.

Mansani trasportò la roba sul marciapiede. Venne a fargli compagnia il capo; e all'una arrivò il treno. Era mezzo vuoto. Nel vagone in cui salí, c'erano una diecina di persone soltanto; in gran parte militari. Dormivano tutti.

Anche lui aveva sonno. Ma prima, volle fumare ancora una sigaretta. Il treno s'era rimesso in movimento. Passarono immagini confuse di case, poi Mansani credette di scorgere un luccichio in basso: erano sopra il fiume. E poi non vide piú nulla.

Il sentimento di colpa non l'aveva lasciato, ma non gli riusciva piú insopportabile. Mansani non era tipo da vergognarsi a lungo delle proprie azioni. Se gli faceva piacere andar d'accordo con gli altri, a maggior ragione sentiva il bisogno di essere in pace con se stesso.

Cominciò a trovarsi le giustificazioni: «Ero giovane, allora. Oggi, avrei piú senso di responsabilità. Con tutto quello che ho passato in questi anni...»

«La vita è una lotta», pensò ancora. Era orgoglioso di essere riuscito vincitore in questa lotta. Certo, bisogna che la fortuna ti assista. Quel poveraccio del marito di Giovanna, per esempio, che era andato a morire di polmonite... Franceschino magari i guai se li era andati a cercare; ma anche per lui piú che altro era stata la sfortuna. «La vita è una lotteria: c'è a chi va bene e a chi va male».

S'era sdraiato; si mise supino, poi si voltò su un fianco. Ecco, cosí stava piú comodo. Di lí a un minuto, dormiva.

(1962-63).

Indice

p. 7 Capitolo primo

18 Capitolo secondo

29 Capitolo terzo

38 Capitolo quarto

52 Capitolo quinto

69 Capitolo sesto

89 Capitolo settimo

103 Capitolo ottavo

113 Capitolo nono

131 Capitolo decimo

Stampato per conto della Casa editrice Einaudi
presso Mondadori Printing S.p.A., Stabilimento N.S.M., Cles (Trento)
nel mese di settembre 2004

C.L. 15914

Edizione												Anno			
1	2	3	4	5	6	7	8					2004	2005	2006	2007